Werner Heiduczek

Reise nach Beirut

Verfehlung

Zwei Novellen

Mitteldeutscher Verlag
Halle · Leipzig

ISBN 3-354-00040-6

2. Auflage
Lizenz-Nr. 444-300/99/87 · 7001
Printed in the German Democratic Republic
Gesamtausstattung: Günter Jacobi
Lichtsatz: INTERDRUCK Graphischer Großbetrieb
Leipzig III/18/97
Druck und Bindearbeiten: IV/10/5 Druckhaus Freiheit Halle
Best.-Nr. 639 234 5

00850

Reise nach Beirut

I.

Zwei Tage hatte er in einem Kibbuz auf einem Hügel des Golan zugebracht. Nicht weit davon lag Kuneitra. Wenn er auf einen der sich lang hinstrekkenden Berge stieg, konnte er die Stadt sehen und mit einem Feldstecher die von Granaten aufgerissene Moschee und auf der schmalen, steinigen Straße die weißen Jeeps der UNO-Soldaten. Dann endlich war der israelische Begleitoffizier zu ihm gestoßen, ein Hauptmann, der schon den Jom-Kippur-Krieg mitgemacht hatte und bei Ismailia verwundet worden war.

»Es steht gut«, sagte er. »Unsere Panzer sind am Abend sicherlich vor Beirut.«

Sie wollten morgens um fünf aufbrechen. In drei bis vier Stunden meinten sie das Frontgebiet erreichen zu können. Sie trennten sich am frühen Abend, um auszuschlafen. Werner Radomski überprüfte noch einmal seine Kameras. Es war alles in Ordnung. Er schlief tief.

Der Hauptmann mußte ihn beim Wecken zweimal anrufen. Nach dem Frühstück – Nescafé, Käse, Fladenbrot, Oliven – beschmierten sie den weißen Peugeot mit nasser, brauner Erde. Beim Starten klemmte das Zündschloß. »Unterwegs werden wir es auswechseln lassen«, sagte der Hauptmann.

Die Nachrichten aus Tel Aviv meldeten die Vereinbarung einer Feuerpause. Der Himmel war blaß, der Boden trocken und hart. Die aufgehende Sonne hüllte die kahlen Bergspitzen vor dem Kibbuz in rötliches Licht. Alles sprach für eine ruhige Fahrt.

Gegen acht Uhr stießen sie auf die Verbindungsstraße nach Beirut. Im nächsten Ort machten sie eine Pause. Die Straße, rechts und links schief stehende Blechhütten, war mit Panzern und Lastkraftwagen vollgestopft. Zwei Häuser brannten, Leute schrien etwas, ein Mann urinierte gegen eine gekalkte Mauer, am Himmel schossen Flugzeuge nach Westen dem Meer zu. Das Dorf roch nach faulem Fleisch und Kot und Rauch.

Radomski machte einige Fotos von zwei halbnackten Jungen, die aus einer Pfütze Wasser schlürften. Sobald die Kinder es bemerkten, kamen sie auf ihn zugelaufen, streckten ihm die dünnen schmutzigen Arme entgegen und verlangten ihren Bakschisch. Radomski gab ihnen ein Dollarstück. Die Jungen warfen sich mit dem Gesicht in die Pfütze, einer schrie Musjöh, der andere Mister, und gaben so zu verstehen, daß sie nun fotografiert werden könnten. Bald waren sechs und zehn Kinder um die Wasserlache. Sie kreischten und lachten, als gäbe es keinen Krieg. Radomski steckte die Kamera weg, aber die Kinder bedrängten ihn, zerrten an seinem Hemd, seiner Hose, an seinen Händen, und es war ihm lästig.

»Haut ab«, sagte er, »haut schon ab.«

Sie verstanden ihn nicht. Sie liefen erst fort, als der israelische Hauptmann hinzutrat.

»Sie dürfen nichts geben«, sagte er, »es wird nur schlimmer.«

»Ich weiß«, erwiderte Radomski.

Und er wußte es ja auch, denn er hatte sich weit in der Welt herumgetrieben.

Ein Verkehrsregler bedeutete ihnen, sie müßten den Peugeot irgendwo an den Straßenrand fahren, sie könnten jetzt nicht weiter wegen des Nachschubs, der nach Beirut rollte.

»Sorry«, sagte der Hauptmann, als müßte er sich für die Verzögerung entschuldigen.

»Wie lange kann es dauern?« fragte Radomski.

»Wir schieben uns irgendwo dazwischen«, erwiderte der Hauptmann.

Aber Radomski hatte an den Krieg überhaupt gedacht. Der erste hatte sechs Tage gedauert. Dann war alles vorüber gewesen. Die Zeitung wollte seinen Bericht, und er hatte noch nie schlechte Arbeit geleistet.

Das Dorf hielt sie vier Stunden fest. Und erst als sie bei einem Oberst intervenierten, der ausgerechnet in München studiert und zudem in Schwabing gewohnt hatte, nicht weit von der Straße, wo Radomski jetzt wohnte, konnten sie weiter. In der nächsten Stadt war wieder Halt. Hier waren israelische auf syrische Panzer gestoßen, und der Ort sah nur wenig besser aus als Kuneitra.

Nur der Himmel war, wie immer im späten Sommer, blau und ohne Wolken und schon müde. Wenn sie die Straße ungehindert hätten weiterfahren können, wären sie in einer guten halben Stunde in Beirut. Radomski dachte, daß es falsch gewesen war, diese Route zu wählen. Hier steckten noch überall Syrer. Sie hätten von Haifa aus die Küstenstraße direkt nach Norden nehmen sollen. Er wußte selbst nicht, warum er auf diese Strecke verfallen war. Aber irgendwann würden sie auch so nach Beirut kommen. Jemand gab ihnen den Rat, in eine Siedlung zu fahren, nicht weit entfernt, unzerstört und in israelischen Händen. Am Morgen sei die Straße nach Beirut sicherlich frei. Dann also, dachte Radomski, inschallah. Der Begleitoffizier war für die Sicherheit des Deutschen verantwortlich, und ihm war es ebenso recht.

Radomski wendete den Wagen, sie fuhren die Straße ein Stück zurück und bogen dann westlich ab in die kahlen Berge. Die fallende Sonne traf sie von vorn. Der Hauptmann fragte, ob nicht er jetzt den Wagen steuern sollte. Das Gelände sei unübersichtlich. Er kenne sich hier ein wenig aus. Radomski überließ ihm den Fahrersitz. Sie fuhren durch ein Tal und dann eine Serpentinenstraße hinauf. Nach einer Stunde hielt der Hauptmann, suchte auf seiner Karte und sagte: »Ich glaube, wir haben uns verfahren.« Sie stiegen aus, liefen ein Stück, fanden eine kleine Obstplantage und pflückten einige frühreife Äpfel. Es war sehr still und angenehm warm. Auf seiner Karte sei der Weg nicht eingezeichnet, sagte der Begleitoffizier. Das sicherste wäre, wieder zurückzufahren. In der Nacht würden die Berge lebendig. Aber Radomski wollte nicht wieder zurück. Sie hätten sich nicht westlich halten dürfen, sondern weiter nördlich, entgegnete er. Irgendwo müßte sich schon ein Abzweig nach der Siedlung finden. So gute Äpfel hatte er schon lange nicht mehr gegessen. Es war hier sehr friedlich, und die Männer streckten sich ins Gras. Es duftete nach Minze, und ein Falter taumelte über sie hinweg. Sie verspürten beide keine Lust weiterzufahren. Und sie blieben, bis die Sonne hinter einem der Gipfel absank. Die Dämmerung kam sehr schnell und noch schneller die Dunkelheit. Der Hauptmann drängte jetzt noch einmal, nach der Stadt umzukehren, aber Radomski empfand eine große Abneigung gegen die Stadt. Er hätte nicht sagen können, warum. Vielleicht, weil dort der Krieg war und hier oben in den Bergen der Frieden. Ein Vogel schrie, und er hätte gern gewußt, was für ein Vogel es war. Sie folgten der Straße, die den Berg noch ein Stück hinaufführte und dann plötzlich in einem scharfen Winkel nach Osten abfiel. Nun glaubten sie doch auf dem richtigen Weg zu sein. Fern im Tal blinkten einzelne Lichter. Der Mond lag als rote Sichel auf dem Rükken und schien sehr nah.

»Haben Sie Kinder?« fragte der Hauptmann.

»Nein«, sagte Radomski, »ich lebe allein. In der heutigen Zeit ist es besser.«

Dann schwiegen sie. Die Straße stieg abermals an, drehte nach Süden und kreuzte einen schmalen Pfad. Sie entschlossen sich, ihr Glück auf diesem Weg zu versuchen. Nach einer halben Stunde saßen sie im Geröll fest, und es blieb ihnen nichts anderes übrig, als zurückzufahren. Irgendwo mußte eine Gabelung gewesen sein, die sie auf der Herfahrt nicht bemerkt hatten. Jedenfalls quälten sie den Peugeot eine lange Zeit im Rückwärtsgang, ohne jedoch auf die Straße zu gelangen. Radomski erbot sich, jetzt wieder den Wagen zu lenken. Sie wechselten die Plätze. Dabei sah Radomski, daß der Hauptmann die Maschinenpistole auf seine Knie legte. Er empfand keine Furcht, war nur sehr müde und schlug vor, hier im Auto zu übernachten. Der Hauptmann lehnte das ab. Er wollte zurück in die Stadt und von dort am Morgen weiter nach Beirut. Sie stiegen aus und versuchten noch einmal, auf der Karte ihren vermeintlichen Standort zu finden. Dabei hörten sie ein Geräusch, als wenn Eisen gegen Eisen schlüge. Der Hauptmann sprang in den Wagen und löschte das Licht der abgeblendeten Scheinwerfer. Sie lauschten eine Weile, aber es blieb alles still. Sie wagten nicht, die Scheinwerfer einzuschalten, fuhren im ersten Gang, sehr langsam und sehr unsicher. Der Mond war weiß geworden, aber er gab wenig Licht. Der Hauptmann meinte jetzt auch, es sei das beste, in den Bergen zu übernachten. Radomski hielt den Wagen an, und sie wollten ihr Nachtlager bereiten ...

Der Feuerstoß traf sie unerwartet. Einige Geschosse zertrümmerten die Frontscheibe. Die Männer selbst blieben unverletzt. Der Hauptmann stürzte ans Steuer, startete, Radomski warf sich auf den Hintersitz. Ein zweiter Feuerstoß traf den Tank und den Hauptmann. Der Peugeot schleuderte, kippte über den Wegrand, stürzte, schlug auf und explodierte.

II.
Er wußte nicht, wo er schon einmal einen so brennenden Himmel gesehen hatte. Eine fliederfarbene Flamme, die sich krümmte. Wo, dachte er, wo nur? Und dann war ihm, als hörte er Kinder schreien. Musjöh, Mister. Er wollte seine Hände in die Taschen stecken, um nach Geld zu suchen. Aber es war nicht möglich. Die Flamme stieg in den Himmel wie das Feuer Abels. Dann war es dunkel und still, und die Nacht hüllte ihn ein.

Er wußte nicht, wie lange er so gelegen hatte. Seine Zähne schlugen aufeinander, und er hätte nicht sagen können, ob es die Kälte war hier oben in den Bergen oder das Fieber oder die Angst, die hochkroch vom Herzen in seinen Hals. Er wollte schreien, aber er brachte nur einen heiseren Laut heraus. Der Hauptmann fiel ihm ein. Er muß kommen, dachte er. Er muß mich doch wegholen hier. Er tastete um sich, spürte Sand und Steine und hartes Gras. Wenn er den Kopf leicht nach links drehte, konnte er die Flamme sehen, direkt unter sich, zwanzig, dreißig, fünfzig Meter entfernt. Er muß doch kommen. Was anderes konnte er nicht denken. Er kratzte mit steifen Fingern die kalte, trockene Erde, kratzte sie so lange, bis er erschöpft war und das Blut schmeckte, das aus seinem Mund floß. Da dachte er zum ersten Mal, daß es jetzt wohl mit ihm vorbei war ...

Er lag ganz still. Zufrieden fast, als wäre eine große Last von ihm gefallen. Endlich. Er sah zum Himmel und sah den Großen Wagen, der auf der Spitze der Deichsel balancierte. Endlich. Das Wort gab keinen Sinn. Aber er dachte es immerzu.

Der Peugeot brannte noch, und der Hauptmann war sicherlich tot, im Auto verbrannt. Ihn würde man hier zwischen den Steinen finden, morgen oder nächste Woche. Die Papiere, dachte er, meine Papiere. Sie sind in dem gottverdammten Peugeot. Ich kann mich nicht wegrühren, und sie sind in dem gottverdammten Peugeot. Er hatte kein Glück mit Peugeots. Irgendwo war ihm ein Rikschafahrer vor die Räder gekommen und einmal ein Köter. Er hatte mit einem anderen Auto fahren wollen, aber der Hauptmann war mit dem gottverdammten Peugeot im Kibbuz aufgekreuzt.

Er versuchte, nach seiner Hemdtasche zu greifen. Dort trug er immer einen Kugelschreiber und einen Notizblock bei sich. Doch sein rechter Arm lag neben ihm, als gehörte er einem anderen. Auch das rechte Bein war tot. Ich fange an, von rechts her zu sterben, dachte er, und er grinste, denn es schien ihm ein guter Witz. Die linke Seite war okay. Erst hob er den Fuß, dann die Hand, führte sie bis dicht an seine Augen, ließ die Finger spielen und schlug plötzlich mit der Faust gegen seine Brust, dabei lachte er, und der Atem ging ihm aus. Er erschrak, denn er hatte nicht lachen wollen. Alles schien sich selbständig zu machen in seinem Kopf und in seinem Körper, als sollte er auseinanderfallen wie durchgerostet. Wenn der Tag kam, würden schwarze Vögel über ihm kreisen.

Der Kugelschreiber steckte, wo er immer

steckte, und der Merkblock auch. Mit der linken Hand konnte er beides aus der Tasche holen. Es ging ganz leicht. Er legte den Block neben sich auf die Steine, blätterte ihn auf, irgendeine Seite, es war gleich, und wollte seinen Namen auf das Blatt schreiben und woher er kam, doch wußte er nicht, was er hinschreiben sollte. Das kann nicht sein, dachte er, mein Name, mein verfluchter Name. Ich brauche doch sonst nichts, nur meinen gottverfluchten Namen. Und dann dachte er, daß er jetzt ganz ruhig bleiben mußte. Je mehr er sich aufregte, um so weniger würde ihm der Name einfallen. Er wollte nicht sterben ohne seinen Namen.

Er blickte zum Himmel und sah die Sterne und den Großen Wagen, der auf der Deichsel balancierte, und er dachte, das ist alles sehr nah und sehr groß. Die Mondsichel lag auf dem Rücken und erinnerte ihn an Ismailia, an die Moschee dort und den kalten Wind, der nachts von der Wüste her über den Kanal weht. Er war jetzt so ruhig, wie er es sich wünschte, denn er dachte, wenn mir Ismailia einfällt, warum soll mir da nicht das andere auch einfallen.

III.

Ismailia. Er sagte den Namen der Stadt einige Male vor sich hin. Aber es tauchte nichts auf aus dem Nebel. Nichts Gutes, nichts Schlechtes. Ebenso hätte er Gras sagen können oder Stein oder Nacht. Es war die Gleichgültigkeit der Dinge, ihre Beziehungslosigkeit zu ihm, die ihn schreckte.

Ich habe Äpfel gegessen, dachte er. Vor einigen

Stunden noch. Wir haben den Peugeot mit nasser, brauner Erde beschmiert, damit er von den Syrern nicht so leicht auszumachen ist. Der gottverdammte Peugeot. Ich habe in einem Kibbuz auf den Hauptmann gewartet und konnte mit dem Feldstecher das zertrümmerte Kuneitra sehen. Davor auf einer Anhöhe die israelische Radarstation. Es schien ihm alles ganz deutlich, der matte Himmel über dem matten Grün der Berge, der gleißende Sand der Ebene und ein der Landschaft fremdes Blau: die Helme der UNO-Soldaten. Aber wie zum Teufel war er zum Golan gekommen und warum? Das dachte er plötzlich in einer anderen Sprache. In Russisch oder Englisch. Er merkte nur, daß da ein anderer Ton war. Er wiederholte den Satz, und er klang wieder anders. Er schrie, und diesmal gelang es ihm zu schreien, weil er eine wahnsinnige Angst verspürte, den Verstand zu verlieren. Vielleicht hieß er Serjoscha oder John. Aber er war doch Deutscher. Das mußte nicht sein. Vielleicht war er ein russischer Jude, nach Israel ausgewandert. Vielleicht Amerikaner, der hier seinen Job machte. Sie wollten nach Beirut, über dessen Hafen der Qualm aufstieg, das war tagsüber von den Bergen hier deutlich auszumachen gewesen. Und in einem Dorf hatte ein Mann gegen eine weißgekalkte Mauer uriniert …

So kam er nicht weiter.

Er hatte plötzlich ein großes Verlangen nach Arak mit viel Eis. Er leckte seine Lippen, die trokken waren und gerissen wie die Erde ringsum. Seinen Körper spürte er nicht, und er dachte, es ist gut so. Dem Tod ist es gleich. Er nimmt den Araber wie den Israeli, den Russen wie den Amerikaner. Der fragt nicht, wie du heißt.

Er wollte jetzt an nichts mehr denken. Es *einfach geschehen lassen*. Er empfand eine angenehme Wärme, und auch die Gier nach Anisschnaps und Eis war weg wie der Druck von seinem Kopf, dieses Schlagen in den Schläfen. Er fühlte sich schwerelos, und ihm war, als hörte er das Meer, irgendwo fern und sanft. Jemand hielt ihn, hob ihn auf und trug ihn fort. Er trieb in einem Boot auf einem Fluß, dessen Ufer sehr weit waren. Diesen Fluß kannte er, sein Wasser war lehmfarben und floß träge. Der Fluß, dachte er, der Fluß …

Er spürte wieder das Schlagen in den Schläfen, stärker als zuvor, als sollte ihm der Schädel auseinanderspringen. Ich brauche nur den Fluß, dachte er, den verfluchten Fluß. Der Fluß war die Formel, nicht bloß ein Name, den er sagen konnte wie Ismailia, Stein und Gras, Wörter, die nichts hergaben als Leere, die in seinem Kopf schlug. Was ihm an Flußnamen in den Sinn kam, sprach er vor sich hin, große Flüsse und kleine Flüsse, saubere und verpestete. Und es erstaunte ihn, wie viele ihm plötzlich einfielen, als hätte er sein Leben lang nichts anderes getan, als Flußnamen zu lernen wie Vokabeln und Deklinationen. Er hatte doch sonst ein miserables Gedächtnis für Namen. Aber es geschah nichts. Nur eines entdeckte er: Die Wörter sprach er deutsch aus. Also nicht Russe, nicht Amerikaner. Er war Deutscher. Das zu wissen bedeutete viel, und er wollte es nicht mehr in Zweifel ziehen. Auf ein Feld mußte er setzen. Dort irgendwo, sieben Rabenflüge weit, brennt Beirut, sagte er, und noch während er es sagte, dachte er, was rede ich nur für ein Zeug. Aber immerhin, es war deutsch, alles deutsch.

Also noch einmal: Von einem Hügel des Golan blickte er, der Deutsche, auf das von den Israelis geschleifte Kuneitra. Aus dem durch Granaten aufgerissenen Minarett spießten verbogene Stahldrähte. Zwischen langgezogenen Hügeln und der toten Stadt lief ein Stacheldrahtzaun, an dem UNO-Soldaten in weißen Jeeps entlangfuhren und jenseits Touristenbusse aus Haifa. Dann war irgendwo ein Telegramm gewesen ...

Er mußte erbrechen. Er drehte den Kopf zur Seite, um nicht ersticken zu müssen. Es war alles sehr widerlich. Er ekelte sich vor dem Ausgespienen. Es roch säuerlich und schmeckte säuerlich. Er versuchte, ein Stück wegzurücken aus seinem Schmutz, doch es gelang ihm nicht. Was für ein dreckiger Tod, dachte er und schloß die Augen, um an etwas Sauberes zu denken und Schönes, denn das mußte es doch geben und nicht bloß diesen gottverdammten Peugeot, und er mußte ihm begegnet sein. Es drängte sich ihm wieder der Fluß auf, der wie ein breites Band dalag im flachen Land. Vom Ufer her beugten sich Birken über das lehmfarbene, stille Wasser. Unendlich viele Birken. Der klare See in der Wüste, dachte er, die tröstende Lüge. Aber Täuschung oder Wahrheit, letztlich ist es egal. Er empfand einen tiefen

Schmerz, wie wenn er etwas verloren hätte, endgültig und unwiederbringlich.

»Ich will nicht sterben«, sagte er.

Er wiederholte den Satz in jeder Sprache, die er sprechen konnte. Und es waren viele Sprachen, und gewiß hatte er einige davon schon sehr früh erlernt, wenn sie sich ungerufen breitmachten in seinem kranken Kopf. Und vor seiner dritten Geburt war er Chinese gewesen und hatte sich damals schon auf den langen Marsch nach Beirut begeben, ohne jemals anzukommen. Immer war er vorher irgendwo abgestürzt, ertrunken, verbrannt.

Welch ein Reporter geht der Welt an mir verloren!

Diesem Satz hörte er nach. Er kam ihm vertraut vor wie der große, stille Fluß – wo nur, wo? Und plötzlich wußte er, daß es nicht der Satz war, den irgendein größenwahnsinniger Kaiser gesprochen hatte angesichts des brennenden Roms. Das Wort *Reporter* ließ ihn aufmerken. Der andere hatte Dichter gerufen. Welch ein Dichter! Zeitungsreporter, Rundfunkreporter, Fernsehreporter. An einer Straße hatten schiefe Blechhütten gestanden, und Kinder hatten aus einer Pfütze Wasser geschlürft, und er hatte sie fotografiert, und sie hatten »Musjöh« gerufen, »Musjöh, money«, und hatten ihn fortgesetzt angefaßt, bis der Hauptmann sie fortjagte. Hemdtasche, Kugelschreiber, Notizblock. Natürlich. Das spuckte sein Gehirn noch aus. Er brauchte nur *Reporter* auf eines der Blätter zu kritzeln. Noch besser *Journalist*. Das Wort verstand jeder Araber. Sie würden bei den Redaktionen der großen Magazine nachfragen oder der Television oder beim Rundfunk. Vielleicht konnten sie sich die Mühe auch sparen. So ein Schock mit partiellem Gedächtnisverlust dauerte manchmal nur wenige Stunden. Wenn sie ihn fanden und verhörten, wußte er wahrscheinlich bereits, wer er war und wo er wohnte.

Verhörten – wieso regte ihn das Wort nur so entsetzlich auf? Er spürte wieder das Würgen im Hals und dachte, es ist genug jetzt. Er wußte doch schon sehr viel über sich. Sogar, warum er zum Golan gekommen war. Er sollte einen Report schreiben über den verdammten Krieg hier, der seit Jesus' Zeiten kein Ende nahm, nur immer andere Namen trug. Bei dem es keine Sieger geben würde, nur Tote und Städte wie Kuneitra und Beirut. Brudermord und sozialer Mord und religiöser Mord und Völkermord. Der Heilige Krieg, dachte er. Jahwe und Christus und Allah, es ist doch genug, es ist doch verdammt endlich genug ...

Leichter Wind kam auf. Wolken schoben sich vor den Mond. Es wäre jetzt sehr dunkel gewesen hier oben, aber der Peugeot brannte immer noch, und das Licht der Flammen ließ ein Stück bergiges Land durchscheinen. Er hätte gern gewußt, wie spät es war, doch während des Sturzes war ihm die Uhr vom Handgelenk gerissen worden. Vielleicht war es elf, vielleicht neun. Es gab kaum eine Dämmerung hier. Tag und wenig später Nacht. Nacht und wenig später Tag. Er dachte darüber nach, was wohl besser wäre, die Dämmerung oder der jähe Bruch. Er fand keine Antwort und fing an zu zählen, gab es jedoch bald wieder auf. Er überlegte, was es für ein Strauch sein mochte, der neben ihm aufragte, und wie das Gras hieß, das er mit den Fingern fühlte und das spärlich zwischen den Steinen wuchs. Gräser und Bäume waren nicht seine Sache. Er konnte sagen, wann die Israelis den Sechs-Tage-Krieg begonnen hatten, die Amerikaner Saigon aufgaben, was eine Mig kostete, was ein Starfighter. Jeder hatte eine Spezialstrecke, und seine war nicht die Bestimmung von Pflanzen, sondern die gottverdammte Schießerei. Ihn quälten plötzlich sinnlose Zahlen, blaue Zahlen, grüne Zahlen, rote Zahlen. Er hatte nichts zu schaffen damit, auch damit nicht, wie viele Zahlen es gab, die Erde einmal oder tausendmal in den Kosmos zu sprengen. Als er vom Bergrücken aus auf Kuneitra blickte und als er die halbnackten Jungen fotografierte, wie sie Wasser aus einer Pfütze schlürften, da galten die Zahlen noch, aber jetzt: Die Zeitung jagte ihn vom Fernen Osten in den Nahen Osten, von Afrika nach Mittelamerika. Der Tod sah überall gleich aus. Er hätte gar nicht mehr in ein Flugzeug zu steigen brauchen und erst gar nicht in einen Peugeot, der zu weiß leuchtete und den sie mit nasser, brauner Erde beschmiert hatten. Seine Meldungen konnte er ebensogut von einer einsamen Datscha aus in den Alpen schreiben oder in einem schilfgedeckten Haus am Meer. Immerhin, er hatte eine Nase dafür, wann wo etwas losging. Ein Zweites, Drittes Gesicht. Rückten die anderen an, konnte er rufen: »Ich bin allhier.« Seine Berichte und Fotos machten Schlagzeilen. Heute war Beirut gefragt. Und morgen? Das ging ihn nichts mehr an.

Datscha ... Hatte er *Datscha* gedacht? Nicht Sennhütte, nicht Cottage ... Die Russen in den Alpen, die Österreicher im Kaukasus. Das war vorstellbar nach der großen Explosion, dem Durchgerütteltwerden des Planeten: Australien über Europa, Afrika auf die Antarktis geschleudert. Und er würde fotografieren, fotografieren, fotografieren. Was war Neros brennendes Rom gegen seinen Bildreport. »Wenn die Erde erbebt in ihrem Beben, an jenem Tag wird sie ihre Geschichten erzählen.« Neunundneunzigste Sure.

– Haben Sie Kinder?

– Nein, ich lebe allein. In der heutigen Zeit ist es besser.

Irgendwann sind diese Sätze gesprochen worden. Banale Sätze, aber sie bleiben. Schaben, hatte jemand gesagt, Schaben überdauern die Katastrophe.

Daß es ihn einmal erwischen würde, war abzusehen gewesen. Wenn nicht im Fernen Osten, dann in Mittelamerika, wenn nicht in Mittelamerika, dann eben hier im Libanon unter einem Dariastrauch. Er hätte schwören können, daß er unter einem solchen Kaktusstrauch lag, obwohl er doch so ganz und gar keinen Sinn hatte für Sukkulenten und Hybriden und was es sonst noch gab im Garten Eden. Eigentlich war er neugierig gewesen auf Beirut, dieses Babel aus Moslems und Christen und

Juden, das Zürich und das Las Vegas des Orients, das Sankt Pauli und das Harlem. Er würde nicht mehr hinfinden jetzt, und das nur, weil das Starterschloß des Peugeots defekt war, der Hauptmann erst das Zündkabel kurzschließen mußte, sie also nicht schnell genug wegkamen nach der ersten Salve. Hätte das Zündschloß funktioniert, läge er jetzt nicht hier mit einem zerschlagenen Rückenwirbel. Das mußte es ja wohl sein, sonst könnte er aufstehen und einfach weggehen. Nach Haus ... Er staunte und sagte das Wort noch einmal. *Nach Haus.*

IV.

Warum nur immer der Fluß? In der Mitte des Stroms ein Boot. Ein geflicktes Segel. Wo nur, wo?

Sein Kopf schmerzte. Wieder floß Blut aus dem Mund. Der Fluß würde ihn töten. Verrecken, dachte er. Er suchte sich einzureden, daß der Fluß sicherlich gar kein Fluß war, sondern nur ein Zeichen, und daß es sinnlos sei, nach etwas zu suchen, das es so nicht gab. Vielleicht war der Fluß die Erinnerung an das ruhige Wasser der Karibik, an den weißen Sand der Inseln, an einen großen, tiefen Wald. Und er hörte eine ziemlich klägliche Stimme singen, mehr sprechen eigentlich, ein Kinderlied. In einem tiefen Wald, o weh, da lag ein tiefer Schnee. Das Bärlein tippelte, pardauz, fiel hungrig auf die Schnauz. Und er entdeckte, daß es seine eigene Stimme war, und er dachte, das alles sind Halluzinationen. Ich liege nicht unter einem Dariastrauch vierzig Kilometer vor Beirut, sondern in einem weißen Bett, in einem weißen Zimmer mit weißen Fenstern, und gleich wird ein Arzt kommen und wird fragen: »Wie fühlen wir uns heut, fliegen wir nach Sri Lanka oder nach Lappland?« Und er wird antworten, wie es einem Wahnsinnigen zukommt: »Für welchen Tag ist der Termin gegeben?« – »Nach Haus«, wird er sagen und wird aufstehen und laufen, immerzu laufen, und es ist finster ringsum, und er fällt über Gestrüpp und Unterholz, und er friert, und er ruft und denkt, sie müssen doch kommen und dich wegholen hier, und er hat Angst, eine furchtbare Angst. Und dann ist nichts mehr. Nur eine Stimme sagt: »Bist du in Ordnung?« Und jemand hebt ihn auf und trägt ihn fort. Und er schmiegt sich an das Gesicht des Mannes – denn es ist ein Mann –, und der Mann sagt immer den einen Satz: »Die Hauptsache, du bist in Ordnung.« …

Eine Datscha in den Alpen, dachte er und verlor das Bewußtsein und kam wieder zu sich, und es stürzte mit einem Mal sehr viel an Vergangenheit auf ihn, wie ein Stau, der sich plötzlich ergießt und den einzudämmen nicht gelingt. Lauter Fetzen Leben: ein Rikschafahrer vor dem Peugeot, ein kahlgeschorener Mönch, ein gerissener Schnürsenkel beim Volleyballspiel, Schafskäse, eine zwölfjährige Prostituierte auf der Falklandroad in Bombay – das Foto hatte ihm viel Geld gebracht –, lehmfarbenes Wasser, ein explodierender Benzintank. »Bist du in Ordnung?« Und dann ist da ein kalter Raum, ein Tisch, zwei Stühle, und jemand sagt: »Sie hassen Ihren Vater.« Aber nein, nein, wieso denn? Nein.

Ihm war, als hätte jemand gerufen. Doch nur das Feuer des brennenden Autos knisterte. Er war jetzt sehr erschöpft, und er merkte nicht, daß er mit der gesunden Hand Gras riß, es in den Mund steckte und kaute.

Werner Radomski – ganz unvermittelt war der Name da. Er wünschte auf einmal gar nicht mehr, ihn zu wissen, neidete dem Hauptmann den Tod im brennenden Peugeot. Wenn man ertrinkt, hat man gute Träume, dachte er. Und dann wieder: »Bist du in Ordnung?« Und er lächelte zufrieden und nickte, als wäre da jemand, der ihn aufhob und an dessen Gesicht er sich schmiegen konnte. Der Vater, dachte er. Ich habe mich damals als Kind in der Taiga hinter dem Fluß verloren. Die Männer haben mich einen Tag und zwei Nächte gesucht, und der Vater hat mich gefunden. Und gleich darauf dachte er, es gibt kein Damals, und ich bin okay, sie werden mich hier rausholen, sie werden mich verdammt hier rausholen, und ich werde die Sterne fotografieren, wenn sie herabfallen, und Asien wird auf Amerika liegen, und dieser Report wird mir noch mehr einspielen als die kleine Hure auf der Falklandroad in Bombay.

Für Augenblicke war wieder eine große Leere in seinem Kopf, und er fürchtete, er müßte alles von vorn beginnen.

»Ich heiße Werner Radomski«, sagte er hastig. »Ich bin Deutscher und wohne in München. Ich heiße Werner Radomski. Ich bin Deutscher und wohne in München.«

Er sprach die Sätze wie ein Ora pro nobis, konnte nicht aufhören und lispelte wie immer, wenn er sehr aufgeregt war. Dann ging der Anfall vorüber. Er entdeckte, daß er Gras kaute, wunderte sich darüber und spuckte den bitteren Brei aus. Später überlegte er, was für ein Tag heute wäre, und entschied sich für einen Dienstag. Er wollte nicht nachdenken über richtig und falsch, Haß und Liebe. Diese Wörter rochen faul wie die Pfützen in den dreckigen Vierteln großer Städte und wie die verkrüppelten Bettler, denen er überall begegnete. Sie betatschten ihn unausgesetzt. Und es machte ihn nervös, und er ekelte sich vor ihren schmutzigen Händen. Wem nicht die Finger von Lepra zerfressen sind, dem sind es die Gedanken oder das Herz, dachte er. So war's, genau so.

Ich heiße Werner Radomski und wohne ... Hier hielt er ein. Warum München? München war Zufall und Ismailia und das stinkende Kalkutta und das ewige Damaskus, wo Saulus zum Paulus wurde und Abel den Kain erschlug. Immer erschlägt jemand wen. Freiheit, dachte er, es gibt keine Freiheit, nur immer neue Gefängnisse. Fortrennen ist Aberwitz. Je höher der Glaube, um so tiefer der Sturz. Diese Erkenntnis konnte er abbuchen. Das Messianische, er hatte es hinter sich, mit dem Betel ausgespuckt, den ihm der buddhistische Mönch zu kauen gegeben hatte – war es in Mount Lavinia oder in den Bergen an der chinesischen Grenze? Wie ein Schamane hatte der Alte mit dem kahlgeschorenen Kopf, den vom Betelkauen roten Zähnen, ein orangefarbenes Tuch um den nackten

Leib, wie ein Schamane hatte er vor sich hin gemurmelt.

Heimat und Heimatlosigkeit, Festhalten und Loslassen. Zwei Tage hatte er in der dürftigen Hütte des Heiligen zugebracht, immer darauf aus, herauszufinden, ob nun der Betel aus dem Alten sprach oder Buddha. Am Ende hatte er die Suche danach aufgegeben. Es war für ihn eh zu spät. Die Würfel lagen auf dem Tisch. Er hatte schon damals gewußt, als sie noch friedlich unter einem Palmendach saßen und Kokosmilch tranken – also doch Mount Lavinia –, daß es ihn einmal irgendwo ekelhaft erwischen würde.

Diese Angst vor den schmutzigen Händen …

V.

Isar gegen Pleiße. Warum nicht so? Ich bin Deutscher und wohne in Leipzig. Feldherrnhalle gegen Völkerschlachtdenkmal, Pinakothek gegen Dimitroffmuseum. Das ging nicht auf. Das ging einfach nicht auf. Er hatte noch etwas von dem Gras zwischen den Zähnen und spuckte es aus wie Betelsaft. Er fand es idiotisch, auf den Großen Wagen zu starren, der auf der Deichsel balancierte, und dabei Gras zu kauen, jetzt, wo sein Hirn wieder alles hergab. Er konnte aus der Erinnerung abrufen, was immer er wollte. Der zerrissene Schnürsenkel beim Volleyballspiel, das war während der Spartakiade, und er hatte dadurch seiner Mannschaft den entscheidenden Punkt verpatzt und damit die Medaille. Die von Lepra zerfressenen Finger hatte ihm eine Frau in Saigon entgegengestreckt, und der Rikschafahrer vor dem Peugeot, das passierte ihm in Chittagong. Die Stadt war ein aufgescheuchter Bienenschwarm nach den tödlichen Schüssen auf den pakistanischen Präsidenten im Hafen. Er, Radomski, hatte wieder mal einen Volltreffer gelandet mit seiner Überfahrt nach Chittagong. Eine Ahnung hatte ihn hingetrieben. Einige seiner Fotos werden bleiben, zehn, fünf, eins. Das war doch viel, genug, um friedlich über den Jordan zu gehen, ohne sich noch einmal umzudrehen. Acht, neun, zehn – Klasse, er war ein Molodez, auch wenn ihm beim Aufschlag der Schnürsenkel gerissen war. Er brauchte jetzt nur loszulassen, dann glitt er hinüber ins Nirwana, und die Frage beantwortete sich von allein oder gar nicht, ob die Söhne vor den Vätern sterben oder die Väter vor den Söhnen oder beide zugleich an ihrer Unduldsamkeit und ihrem Unverstand füreinander. »Bist du in Ordnung?« Und dann das Fremdwerden bis zum endgültigen Riß, der unkorrigierbar blieb für den einen wie für den anderen. »Natürlich«, dachte Radomski, was ist »natürlich«. Der brennende Peugeot ist natürlich, das versinkende Beirut, die auf dem Rücken liegende Mondsichel, das harte Gras, der Araber, der gegen eine weißgekalkte Mauer uriniert.

Ganz plötzlich tat Werner Radomski sich leid. Es war ihm peinlich, aber er konnte nicht gegen das Selbstmitleid an, das über ihn kam. Er mußte an die Mutter denken und daß sie jetzt vielleicht durch die Straßen Leipzigs lief, während er hier langsam verreckte. Er hatte keine Kraft mehr, sich gegen seine Sentimentalität zu wehren. Der Stolz, dachte er, dieser idiotische Stolz. Er schloß die Augen.

VATER LIEGT AUF DEN TOD – KOMME NACH HAUS

Diese Zeile bekam er nicht los. Selbst mit blinden Augen würde er sie lesen müssen. Das Telegramm hatte ihn in Palmyra erreicht. Daß die Mutter ihn da ausfindig gemacht hatte, war für ihn anfangs weniger begreiflich gewesen als die Nachricht selbst. Sie mußte die Redaktion in München angerufen haben oder war hingefahren, um ihn zurückzuholen aus dem Land, das ihr fremd war und das sie nicht verstand, wie sie seinen Weggang nicht verstanden hatte. Sie verstand überhaupt wenig. Und sie hatte keinen Stolz. Und sie hatte keine Würde. Oder wollte beides nicht haben, wenn es den Vater vom Sohn stieß und den Sohn vom Vater. Revolution, die Idee einer Idee vom einzig richtigen Weg, die Welt zu erlösen, das war's doch, der heilige Krieg der Propheten, Büro oder Che Guevara. Gerechtigkeit, dachte er, Wahrheit, wann bleiben sie auf der Strecke und müssen ausgewechselt werden wie alles, das sich verschleißt, die Liebe zum Beispiel?

– Haben Sie Kinder?

– Nein, ich lebe allein. In der heutigen Zeit ist es besser.

Die Mutter wird an ihrer Liebe kaputtgehen wie der Vater an seinem zweiten Herzinfarkt und ich am zerbrochenen Rückenwirbel, dachte Radomski. Die Gefühllosen überleben und bauen die Welt nach ihrem Bilde.

Er hätte jetzt nicht sagen können, ob es ihm leid tat, von zu Haus fortgegangen zu sein ins Ungewisse, mit wachen Augen und bemüht, keiner Illusion zu erliegen. Sterbende sind befangene Richter.

Palmyra. Er hatte sich gut gefühlt dort. Es war ihm ganz und gar nicht recht gewesen, daß ihm das Telegramm den Frieden störte. Er brauchte ihn nach all der Hetzerei. Das große Ausruhen, die schöpferische Pause, das Sich-fallen-Lassen bis zum Grund, der Neuanfang, denn er war ausgelaugt, so konnte es nicht weitergehen. Ursprünglich hatte er an einen sonnigen Strand fliegen wollen. Die Bahamas oder eine Stunde weiter nach Varadero. Er hatte etwas übrig für Kuba. Dann war ihm durch Zufall ein Palmyra-Prospekt in die Hände gekommen, und er hatte die erstaunliche Entdeckung gemacht, daß Zerstörtes schön sein kann. Es müssen nur genügend Jahrhunderte auf den Ruinen liegen. Die Schreie sind verstummt, die Tränen im Wüstensand getrocknet. Palmyra, der Zwerg zwischen den Riesen Persien und Rom, sich behauptend, aufblühend, um am Ende doch zerrieben zu werden. Das reizte, weckte Assoziationen. Die Geschichte als Wiederholspiel. »Denk ich an Deutschland in der Nacht.« Diese idiotische Heinestimmung in ihm.

Also nicht die Bahamas und nicht Kuba, sondern

Palmyra in der syrischen Wüste. Es hatte zudem einen Vorteil. Er lungerte nicht auf einer Südseeinsel, wenn es zwischen Israelis, Syrern und Palästinensern losging, sondern lag inmitten der antiken Schönheit zerbrochener Säulen und Tempel in Bereitschaft, sterbende Menschen zu fotografieren und berstende Städte. Es steckte schon ein gewaltiges Stück Ironie in der Welthistorie, und sein gottverdammtes Job-Denken konnte er eben doch nicht von heut auf morgen aus sich heraustreiben.

VATER LIEGT AUF DEN TOD – KOMME NACH HAUS

So ist sie, dachte Werner Radomski. Und er beneidete sie darum, große Entwürfe zu lassen, die große Mißverständnisse hervorbringen. Um eben die Fähigkeit zum Kleinen beneidete er die Mutter, die ihm als Jungen und später als Studenten eigentlich wenig gegolten hatte. Er hatte gemeint, sie für naiv halten zu müssen, um nicht zu sagen für dumm. Sein Gott war der Vater gewesen, der den Verlorenen selbst in der Taiga fand, mit ihm in einem Boot auf dem Irtysch trieb und in einem Hubschrauber über die Bohrinsel flog. Molodez und riesige Weite und Wildost, für ihn, den Jungen, wenigstens. »Bist du in Ordnung?« Und er hatte gar keine Antwort mehr geben können, spürte die Wärme des Vaters und schlief auf der Stelle ein damals. Und Radomski fragte sich, ob eben dieser Gott, der jetzt wohl schon nicht mehr lebte, versöhnlicher wäre als er, ob der Vater zum Sohn käme, der unter fremdem Himmel lag und von rechts her wegstarb.

Irtysch. Das lehmfarbene, träge Wasser, die weiten Ufer, die Birken, die sich vom Land her über den Fluß neigten. Radomski staunte, daß ihm der Name hatte abhanden kommen können. Gerade der. Der Weggang aus der Geologensiedlung auf dem kleinen Hügel über dem Fluß, das war sie, die Vertreibung aus dem Paradies. Der Anfang oder das Ende oder einfach die Veränderung, der sie nicht gewachsen waren. Er nicht und der Vater nicht. Vielleicht die Mutter, weil sie, was sie besaß, immer mit sich forttragen konnte.

Ihn überkam eine maßlose Wut. Es hatte niemand das Recht, ihn vierzig Kilometer von Beirut entfernt zwischen Stein und Gras krepieren zu lassen. Er warf sich auf die Seite und rollte ein Stück abwärts. Mehr gelang ihm nicht. Er lag nun weniger günstig als zuvor, das Bein irgendwo eingeklemmt, die gesunde Hand unterm Körper, der ihm außerordentlich schwer vorkam und klobig. Er mußte heulen, und er gab sich der Schwäche ganz hin. Schuld daran, daß er hier lag, war die Mutter. Und dafür haßte er sie. Er wollte nicht, daß sie ihm überallhin nachlief und nachtelefonierte und nachschrieb. Die Vergangenheit abwerfen, dachte er, frei sein, endlich frei sein. Und er wußte zugleich, daß es das nicht gab, für ihn nicht. Selbst wenn man ihn hier fand und wieder zusammenflickte, er blieb gefesselt an jeden Tag Gelebtes dort drüben. Er war nicht auserwählt, die Stille in sich zu finden wie der Betel kauende Mönch. Er war nicht berufen dafür.

Ohne das Telegramm wäre er jetzt noch in Palmyra. Ihm stand Urlaub zu. Und in den wenigen Tagen hatte er sich gut erholt. Vorm Fenster Oleander und Dattelpalmen, im Schein des Mondes die schattenhaften Umrisse des Baal-Tempels. Am Morgen, wenn die Luft noch frisch war von der Nacht, immer der gleiche Weg: Schamin-Tempel, Triumphbogen, Kolonnaden, Theater, Tal der Gräber. Dann saß er am Fuß einer Säule und zerrieb Minze zwischen den Fingern. Den Abend verbrachte er auf der Terrasse unter einem Feigenbaum und trank Arrak mit viel Eis.

Das Telegramm hatte ihm diesen Frieden kaputtgemacht. Was sollte er in Leipzig am Krankenbett des Vaters? Helfen konnte er nicht, und zu sagen war zwischen ihnen nichts mehr, es war alles schon gesagt und geschrieben. Hin und rüber und rüber und hin. Sprachlosigkeit, nein, nein, das war modisches Geschwätz von Soziologen und Psychologen, Gebildeten und Halbgebildeten, von einem formuliert, von Tausenden nachgeredet. Der Zettel im Briefkasten mit dem Rilke-Gedicht hatte ihn nicht umstimmen können. Obwohl, es hatte etwas Komisch-Rührendes, sich vorzustellen, wie der Vater, der Nüchterne, der ganz und gar Praktische, dem eine Fuge klang wie eine Sonatine, ein Saxophon wie eine Klarinette, eine Beatle-Platte wie eine der Rolling Stones, wie der Vater nachts die Verse aus dem zerfledderten Paperbackbändchen abschrieb und ihm den Zettel dann in den Kasten warf.

»Nun fortzugehen von alledem Verworrenen,
das unser ist und uns doch nicht gehört ...«

Wo hatte er den Rilke bloß aufgestöbert? Woher wußte er, daß sein verlorener Sohn ein Rilke-Fan war? Er wußte doch sonst kaum noch etwas von dem, was er trieb.

»Weit in ein unverwandtes warmes Land,
das hinter allem Handeln wie Kulisse
gleichgültig sein wird: Garten oder Wand ...«

Diese Zeilen hatte er unterstrichen. Und Radomski, als er den Zettel fand, hatte gedacht, sieh da, plötzlich gilt die Muse was, die spätbürgerliche, nicht der »Linke Marsch«, sondern Rilke. Und trotzdem, für einen Augenblick war er versucht gewesen zu bleiben, dieser Geste des Vaters wegen, die er ihm so ganz und gar nicht zugetraut hatte.

Garten oder Wand – diese drei Wörter hatte er gedacht, anfangs öfter, später weniger häufig, aber die Frage war geblieben. Und sie war wieder gestellt, als er im Zenobia-Hotel das Telegramm erhielt.

VATER LIEGT AUF DEN TOD – KOMME NACH HAUS

Er wußte selbst nicht, warum er noch am selben Tag aus Palmyra weggelaufen war. Mitten hinein in den Schlamassel. Was zum Teufel hatte er in einem Kibbuz der Israelis zu suchen und in einem libanesischen Kaff, wo zwei halbnackte Jungen aus einer Pfütze schlürften und ein Araber gegen eine weißgekalkte Wand urinierte? Sollte sich umbringen, wer immer wollte, Sunniten, Schiiten, christliche Milizen und moslemische Milizen. Damit hatte er nichts zu schaffen. Werner Radomski aus

Leipzig und München. Die Mutter konnte nicht wissen, was sie mit ihrem Telegramm anrichten würde. Und die Frau jammerte ihn in ihrem hilflosen Dazwischensein zwischen Mann und Sohn.

VI.

Wenn er das Gesicht etwas von den Steinen hob, konnte er den gottverdammten Peugeot brennen sehen. Und es war ihm, als richtete sich inmitten des Feuers eine Gestalt auf. Der Hauptmann, dachte er, und dann schien ihm, es war ein anderer, und der fragte: »Bist du in Ordnung?« Und da schloß Radomski die Augen und dachte, wenn es doch endlich vorbei wäre. Und er dachte, ich bereue nichts, glaubt nicht, daß ich etwas bereue. Und wenn die Sterne verlöschen, und wenn der Himmel sich spaltet, und wenn die Berge zerstäuben. Für welchen Tag ist der Termin gegeben. Mein Gott, er hatte unter dem endlos blauen Himmel in Palmyra zu viel im Koran gelesen. Aber er wollte dahinterkommen, hinter den politisch-religiösen Fanatismus. Der Europäer verstand den Araber nicht und der Araber nicht den Europäer. Der Vater nicht den Sohn, der Sohn nicht den Vater. Und so weiter und so weiter. Aber nur einmal durchgespielt, er hätte sich anders entschieden. Er wäre, nachdem er von Palmyra nach Damaskus geflohen war, von dort aus nicht nach Zypern geflogen, von Zypern nach Jerusalem, von da mit einem israelischen Lastwagen zum Golan geholpert, um am Ende in den gottverdammten Peugeot zu steigen, dessen Zündschloß defekt war. Welcher Idiot flog schon von München über London nach Rom. Aber der Nahe Osten war zum Irrgarten geworden. Also angenommen, er hätte es der Mutter zuliebe getan oder weil man einen Sterbenden so nicht gehen läßt, einsam und unversöhnt. Er wäre also von Damaskus direkt nach München gereist, hätte sich ins Auto gesetzt, Grenzübergang Hof, wenige Stunden später Leipzig. Derweil saß die Mutter am Bett des Vaters, der am Tropf hing mit Schläuchen durch die Nase. Und vielleicht dachte der Vater, meinetwegen mußte der Junge nicht gehen, Hand aus Hand, meinetwegen nicht. Und die Mutter wußte, was er dachte und daß er unter der Trennung litt, mehr als er zeigen wollte, und daß er ihr unter der Hand wegsterben würde ohne Hoffnung und mit der Frage: Wofür das alles, wenn der eigene Sohn fortläuft aus Haus und Land. Was war falsch, sag mir, was war falsch? Aber das war kein Eins und Eins, und vielleicht gab es auf solche Fragen überhaupt keine Antwort, und deswegen sagt sie nur: »Ich habe bei der Zeitung angerufen. Sie haben mir die Adresse gegeben, und ich habe ihm ein Telegramm nach Palmyra geschickt. Morgen oder übermorgen ist er hier.« Aber der Vater weiß es besser. Der kommt nicht, ich kenne ihn. Und seine Finger sind kalt, und auf seine Stirn tritt Schweiß. Aber angenommen, er, Werner Radomski, käme dennoch. Obwohl er geschworen hatte, das Haus nicht mehr zu betreten und das Land nicht; denn als er fortging, war ihm das Land der Vater gewesen und der Vater das Land. Der Fluß war zugefroren, und die

Nacht über dem kleinen Hügel am Rande der Taiga nahm kein Ende …

Wir hätten von dort nicht fortgehen dürfen, dachte Werner Radomski. Mochte es tausendmal ungerecht sein, der dreckigen Pleiße die weiten Ufer des Irtysch gegenüberzuhalten. Das Gefühl der Enge hatte er all die Jahre in dieser Stadt nicht losbekommen. Aber er wollte nicht gerecht sein. Was sollte er mit einer Gerechtigkeit, an der er erstickte. Vier Jahre Irtysch. Der Vater zumeist bei Bohrungen in den Sümpfen der Taiga, die Mutter als Arzthelfer auf der medizinischen Station, er mit Usbeken, Russen, Letten in der Schule, noch öfter am Fluß. Ein Sibirjak.

Immer der Fluß, dachte Radomski, wie eine Nabelschnur, die ich nicht abreißen kann. Und er dachte, daß wohl jeder irgendwo festgebunden ist und daß es ein Zurück nicht mehr gibt in die Unschuld, wenn man einmal aus ihr herausgetreten ist. Und er dachte, daß die Bibel eine betörende Lüge erzählt von dem Sohn, der heimkehrt, nachdem er in Unfrieden gegangen ist. »Da er aber noch ferne von dannen war, sah ihn sein Vater, und es jammerte ihn, lief und fiel ihm um seinen Hals und küßte ihn.«

Die Wirklichkeit trug ein anderes Gesicht. Er, Werner Radomski, war nicht von Damaskus nach Leipzig, sondern hierher in den Libanon geflohen, weggelaufen vor seiner Erinnerung und der Angst, ihr zu erliegen. Der Peugeot brannte, und darüber der Große Wagen balancierte auf der Deichsel. Und in einem libanesischen Dorf würde morgen und jeden Tag ein Araber gegen eine weißgekalkte Mauer urinieren. Was wußte denn die Mutter. Nur in der Bibel wird für den reuigen Sohn ein Lamm geschlachtet. Seine Rückkunft wird man zur Kenntnis nehmen, weiter nichts. War er erst wieder *zu Haus*, blieb ihm nur das Schweigen oder die Unglaubwürdigkeit. Hand aus Hand, das ist endgültig wie der Tod. Und was überhaupt heißt reuig? Er hatte nichts zu bereuen.

Er steigerte sich in eine große Erregung hinein und hatte plötzlich das Empfinden, im Wurzelgeflecht eines Baumes zu liegen, im Schlangengewirr eines Boddibaumes. Er schrie auf, denn er glaubte, das Geschling würde ihm Brust und Hals quetschen. Er riß mit der Hand, die ihm geblieben war, an seinem Hemdkragen, aber der lag locker um den Hals. Dann war ihm, als hörte er Stimmen. Ich muß rufen, dachte er. Sie müssen doch das Feuer sehen. Es brennt wie ein Scheiterhaufen auf einer Totenstätte der Inder, und es riecht nach verbranntem Fleisch, und auf meinen Lippen habe ich den widerlich süßlichen Geschmack verkohlender Leiber. Warum kommt denn keiner. Er rief und meinte, seine Stimme müsse weithin zu hören sein, aber sie gab nichts her.

VII.

»Sie hassen Ihren Vater.«

Aber nein, nein, wieso denn? Nein.

Das war ein ganz und gar falsches Wort von dem Mann in Leipzig, der ihn verhörte in dem kalten Zimmer, aber nichts wissen wollte von einem »Verhör«, es ein Gespräch nannte, eine Unterhaltung, um sich zu verständigen. Ja, er hatte gesagt: »Um sich zu verständigen.«

Das kalte Zimmer. Die nackten Wände. Zwei Stühle. Der blankgeputzte Tisch. Ein Alpenveilchen auf dem Fensterbrett. Das Ganze sah Radomski überdeutlich wie in einem Brennglas. Die Augen schmerzten.

»Was dann? Selbstverwirklichung?«

Das war Spott. Warum machte der Mann sich lustig über ihn? Er hatte weiß Gott nicht das Recht dazu. Was überhaupt ging es ihn an, was der Sohn dem Vater gegenüber fühlte oder der Vater für den Sohn empfand. Das gab es doch, die langsame Versteinerung oder das Fremdwerden oder das Sich-nicht-mehr-verstehen-Können. Es fängt beim Frühstück an wegen eines hingeworfenen Wortes oder einer Rundfunkmeldung oder dreier Fotos von ein und demselben Mann auf einem Zeitungsblatt und hört auf mit dem Engagement für einen Liedermacher oder ein abgesetztes Theaterstück. Jeder hält den anderen für töricht und vermessen, beschuldigt ihn, dem real Existierenden, der Weltgeschichte Schaden zuzufügen. Und keiner vermag auszubrechen aus dem festgefügten Kreis seiner Gedanken. Dieser entsetzliche Abend, beide verlieren die Nerven, schlagen aufeinander ein, Vater und Sohn. Wenn die Mutter nicht dazwischengegangen wäre, es wäre Schlimmeres passiert. Einer war jähzornig wie der andere.

Werner Radomski preßte das Gesicht gegen die Steine, und er dachte, mein Gott, es muß doch einmal Schluß sein damit, es kann doch nicht immer hinter mir herlaufen. Was ihm einfiel, sprach er vor sich hin, einen Liedtext, Sprintrekorde, Zahlen von Kriegstoten, und er dachte daran, daß er irgendwann mit einem Katamaran zu einer Korallenbank gesegelt, dort ins Wasser gesprungen war, hinabtauchte und Farben sah, wie er sie noch nie gesehen hatte. Und ein anderes Mal, es muß bei Colombo gewesen sein, war er zu weit hinausgeschwommen, wurde abgetrieben, und der Ceylonese, der ihn zurückbrachte, handelte erst den Preis aus, bevor er ihn ins Boot zog. Zweihundert Rupies oder absaufen. Das war doch lustig, nicht wahr? Werner Radomski lachte. Aber das kalte Zimmer blieb. Die nackten Wände. Der blankgeputzte Tisch. Das Alpenveilchen auf dem Fensterbrett.

»Sie gehören nicht weg. Sie nicht.«

Das hatte er auch einmal geglaubt. Und wahrscheinlich stimmte es sogar. Sie waren sich alle zu sicher gewesen. Werner Radomski war eine Bank mit seinen vier Jahren Wildost im Hirn. Kleine weiße Friedenstaube. In der Schule der Sibirjak. Bei der Russisch-Olympiade der Sibirjak. An der Universität der Sibirjak. Bei der Exmatrikulation der Sibirjak. Die hätte nicht sein müssen. Er hätte nur abzuschwören brauchen. Nicht einmal das. Nur still sein. Sich nicht vor die zwei stellen, die dem Rektor und anderen auch Scherereien machten mit ihren Liedtexten, vorgetragen in überfüllten Kirchen, ihren Aufrufen und Kerzendemonstrationen. Er hatte doch gar nichts zu tun mit denen, und plötzlich war er mittendrin im Schlamassel und fand nicht mehr zurück und wollte es am Ende auch nicht mehr. Das gibt es doch, das ganz und gar Unbedachte, wie es das langsame Versteinern eines Gefühls gibt zwischen Eltern und Kind, Mann und Geliebter.

»Sie gehören nicht weg.«

Wer denn aber, wer? Und was heißt: »Du verrennst dich«, wie der Vater es nannte. Und Rücksichtnehmen auf die Stellung des allerorts genannten Radomski, der nicht mehr in einem Hubschrauber über die Bohrinsel flog, sondern in einer anderen Maschine, höher und schneller und weiter. Das große Unverständnis füreinander. Der Verrat ohne einen Verräter. Die Würde, die am Ende würdelos macht, weil sie nicht imstande ist zur Korrektur. Das gibt es, das alles gibt es.

Er verspürte heftige Schmerzen im Leib. Vielleicht hatte ihm eine Kugel die Därme zerrissen, aber das konnte nicht sein. Er hätte es schon längst zu spüren bekommen. Irgendeine gottverdammte Kolik, dachte er und leckte den kalten Stein, auf dem sein Gesicht lag, weil er hoffte, es würde ihm Linderung bringen. Er hatte nur noch einen Wunsch, daß es vorbei wäre.

VIII.

Ursprünglich hatte der Ceylonese, der ihn aus dem Wasser holte, dreihundert Rupies gefordert. Er hatte die Hälfte dagegengehalten. Das Feilschen war hin- und hergegangen. Der eine auf dem sicheren Balken sitzend, der andere im Ozean treibend. Wieviel war ihm sein Leben wert, wieviel dem anderen? Oder soff alles ab im Prestige? Und wieder einmal angenommen, nur den Fall gesetzt, der Mann aus dem kalten Zimmer, der sich weigerte, ihr Gespräch als Verhör zu nehmen, sondern es »Versuch einer Verständigung« nannte, dieser Mann stünde jetzt vor ihm und sagte: »Sie gehören nicht weg. Sie nicht.« Und vorgestellt, der Student der Rechte, Werner Radomski, hockte, weil als »uneinsichtig« von der Uni geschmissen, hockte in einer verfallenen Dachkammer in der Oststraße Leipzigs und weigerte sich, von der Mutter Geld zu nehmen, und nahm es am Ende doch, weil er Hunger hatte und im Winter keine Kohlen. Und er wußte wohl, daß eben dieses Geld vom Vater kam. Das war doch mies. Zum Kotzen mies war das. Dann schon lieber weg aus der Versuchung, der zu widerstehen er einfach zu mies war oder zu verwöhnt. Eben doch ein Auserwählter, der enttäuscht hatte, aber nicht verloren war. Noch nicht. Den Ball werfen und hinterherrennen, hatte er gedacht. Und *Freiheit* hatte er gedacht und *Welt* und *atmen können*. Die großen eigenen Entwürfe. Und nun lag er hier, leckte den Stein, und niemand kam. Loslassen, dachte er, einfach loslassen. Woran klammerte er sich denn noch. An welches gottverdammte Etwas. Er hatte doch auch damals losgelassen. Aber vielleicht hatte gar nicht er losgelassen, sondern sie, die anderen, hatten die Hand von ihm genommen.

»Sie wollen fort?«

»Ja.«

»Sie können gehen. Noch was?«

»Nein.«

Sechs Monate Schweigen und dann das. Darauf war er nicht vorbereitet gewesen. Und der Mann, der ihm ein zweites Mal in demselben Zimmer gegenübersaß – statt der Alpenveilchen stand ein Topf Begonien auf dem Fensterbrett –, der Mann erkannte das auch, griff nach einer Zigarette, bot ihm aber keine an wie ehemals, als es noch um den »Versuch einer Verständigung« ging. Wieviel also, wieviel war er wert? Und die, die ihm den Auszug neideten, ihm selbst den als Protektion anlasteten – der Radomski, ach, der Radomski –, was wußten die, wie elend er sich fühlte. Und die Mutter, die ihn zum Bahnhof brachte. Und er wäre lieber ohne sie gegangen. Und die wenigen Freunde, die sich den Abend zuvor einfanden und die nun überall verstreut lebten. Und einer wußte kaum noch etwas vom anderen. Garten oder Wand für jeden von ihnen.

– Haben Sie Kinder?

– Nein, ich lebe allein.

Radomski wußte nicht, ob der Hauptmann verheiratet war. Er wußte nur, daß der Israeli im Peugeot verbrannte. Frauen, natürlich gab es auch in seinem Leben Frauen. Aber da war keine, die er jetzt hätte bei sich haben wollen.

Und dann dachte er, daß er jetzt den ganzen Libanon hergeben könnte für eine Zigarette.

Was für ein seltsamer Zustand, dachte Werner Radomski. Er empfand seinen Körper nicht mehr, und er dachte, vielleicht bin ich schon tot, klinisch wenigstens. Was an Strömen noch durchs Gehirn läuft, sind Ausklänge. Ich kann durch Zeit gehen und durch Grenzen. Alle Gesetze sind aufgehoben für mich. Ich kann von einer Brücke aus in die Isar spucken und zur gleichen Zeit in die Pleiße. Ich kann auf dem gekrümmten Stamm einer Birke über gelbem, trägfließendem Wasser sitzen und blicke auf einen brennenden Peugeot vierzig Kilometer vor Beirut. Und ich höre den Vater sagen: »Meinetwegen brauchte der Junge nicht zu gehen. Meinetwegen nicht.« Und ich gebe zur Antwort: »Großartig, wie du das sagst. Aber nicht du bist in meine elende Dachkammer gekommen – warum auch, Hand aus Hand, das geht auf mich –, also nicht du, sondern die Mutter. Gut, gut, mit deinem Wissen und mit deinem Geld. Und daß alles korrekt verlief, die Gespräche, die kein Verhör waren, und alles übrige auch, ging ebenso auf dich. Selbst meine Exmatrikulation ging auf dich. Welcher Rektor hätte es schon gewagt, mich zu feuern, wenn du selbst es nicht gefordert hättest. Nichts sollte anders sein für den Sohn des allerorts genannten Radomski, der in den aufreibenden Konflikt geriet zwischen Vaterliebe und – ja was denn: Pflicht, Verantwortung fürs Ganze, Räson, Klasse, Partei, Staat? Ich finde nicht das richtige Wort. War es nun Größe oder Versagen? Dieselbe miese Schwäche wie bei mir, als ich dein Geld nahm? Wer eigentlich versuchte wen zu bestechen? Und welches sind die wahren Götter, zu denen wir beten und die am Ende stürzen wie alle Götter, denn das ist nun mal ihr Los. Umgekippt bist du während einer Konferenz, das möchte ich schwören. Wahrscheinlich hast du gerade das Schlußwort gehalten. Wer wen, Genossen. Das ist ein würdiger Abgang. Ein besserer jedenfalls als meiner. Ich habe Laudse in mich hineingefressen und Marx und Kafka und Lenin, Seneca und Trotzki. Du dafür Kombinatspläne und schöngefärbte Berichte. Ich fühle mich überfressen. Gib zu, du tust es auch. Du möchtest wie ich zurück auf jenen kleinen Hügel am Fluß, in das Holzhaus mit dem blau angestrichenen Dach. Zu spät, mein Lieber, zu spät. Du bist an einen Tropf gefesselt und ich an einen Stein unter einem Dariastrauch. Das ist der ganze Unterschied. Hör genau zu, was der Chefarzt dir rät – selbstverständlich ist für dich der Chefarzt zuständig –, hör genau zu: ›Auf der Intensivstation zählt die Welt vorm Fenster nicht. Beirut brennt, aber die Sterne leuchten weiter. Auch ohne Sie.‹ …«

Das Fieber stieg schlagartig. Werner Radomski war es, als liefe er durch einen weißen Korridor, von dem aus sich keine Türen öffneten. Schweiß rann ihm von der Stirn in die Augen. Er wollte sehen, ob der Peugeot noch brannte, aber das Feuer war erloschen. Auch die Mondsichel war ausgelöscht, und der Große Wagen balancierte nicht mehr auf der Deichsel. Ein Scheißtraum, dachte er. Ich muß wach werden aus diesem gottverdammten Traum.

IX.

Sie fanden ihn am folgenden Tag. Seine Augen waren weit aufgerissen, als hätte er etwas gesehen, das ihn erschreckte.

Eine israelische Maschine brachte den Toten nach München. Auf Ansuchen der Mutter wurde der Sarg nach Leipzig überführt. Die Redaktion sprach der Frau ihre Betroffenheit und ihr Mitgefühl aus.

Werner Radomski wurde neben seinem Vater begraben.

Der Auszug des verlorenen Sohnes

Nun fortzugehn von alledem Verwornen,
das unser ist und uns doch nicht gehört,
das, wie das Wasser in den alten Bornen,
uns zitternd spiegelt und das Bild zerstört;
von allem diesen, das sich wie mit Dornen
noch einmal an uns anhängt – fortzugehn
und Das und Den,
die man schon nicht mehr sah
(so täglich waren sie und so gewöhnlich),
auf einmal anzuschauen: sanft, versöhnlich
und wie an einem Anfang und von nah;
und ahnend einzusehn, wie unpersönlich,
wie über alle hin das Leid geschah,
von dem die Kindheit voll war bis zum Rand –:
Und dann doch fortzugehen, Hand aus Hand,
als ob man ein Geheiltes neu zerrisse,
und fortzugehn: wohin? Ins Ungewisse,
weit in ein unverwandtes warmes Land,
das hinter allem Handeln wie Kulisse,
gleichgültig sein wird: Garten oder Wand;
und fortzugehn: warum? Aus Drang, aus Artung,
aus Ungeduld, aus dunkler Erwartung,
aus Unverständlichkeit und Unverstand:

Dies alles auf sich nehmen und vergebens
vielleicht Gehaltnes fallen lassen, um
allein zu sterben, wissend nicht warum –

Ist das der Eingang eines neuen Lebens?

Rainer Maria Rilke

Verfehlung

Elisabeth Bosch kam mit einem der Schübe, von denen unser Jahrhundert voll ist, aus dem Böhmischen nach Sachsen in ein Dorf, wo Napoleon genächtigt haben soll, bevor er in die Schlacht bei Leipzig zog, die ihn Krone und Kaiserreich kostete. Hier richtete sie sich ein, brachte zwei Kinder zur Welt und schien ihr Auskommen gefunden zu haben. Da verunglückte der Mann bei einem Erdrutsch im Braunkohlentagebau tödlich. Der Junge war sieben, das Mädel zwei, und der Frau blieb keine Zeit, nutzlosem Jammer zu leben. Einen Beruf hatte sie nicht erlernt, sie mußte zusehen, wie sie ihr Geld verdiente. Das Kombinat sorgte für eine neue Wohnung, erklärte sich zum Paten für die Kinder, half auch sonst, aber der Tote blieb tot, und Elisabeth Bosch begann aufs neue, sich einzurichten. Obwohl noch jung, heiratete sie nicht wieder, lebte nur den Kindern und war am Ende stolz, aus beiden ordentliche Menschen gemacht zu haben. Der Sohn promovierte und wurde leitender Redakteur beim Bezirksblatt, die Tochter studierte Philosophie. Auf ihre Art war die Frau glücklich und glaubte nicht, daß sich in ihrem Leben noch etwas Erwähnenswertes tun könnte. Da begegnete sie Jakob Alain, der zwar einen französischen Namen trug, aber Deutscher war und im Hamburger Walhafen als Schauermann arbeitete.

Ein Zufall führte ihn ins Dorf, wenn man Sammelleidenschaft als Zufall nehmen will. Er hatte den Urlaub bei seinem Bruder am Berliner Wannsee verbracht und nutzte die Rückreise zu einem Abstecher nach Sachsen, in eben jenen Ort, wo Elisabeth Bosch wohnte. Dort besaß Alain einen Briefmarkenfreund. Die Männer korrespondierten schon mehrere Jahre miteinander, hatten aber noch keine Gelegenheit gefunden, sich persönlich kennenzulernen. Nun war es soweit. Sie hockten eine Nacht lang über Alben, Serien und Einzelstücken, redeten, tranken und waren überrascht, als der Morgen dämmerte. Es war längst nicht gesagt, was noch zu sagen wäre, und so kamen beide überein, daß Jakob Alain einen weiteren Tag im Dorf verblieb. Er hatte zudem vom Trinken einen schweren Kopf, und es war ihm ganz recht.

Lautenbach mußte zur Arbeit, seine Frau gleichfalls, und der Hamburger blieb sich selbst überlassen. Am späten Vormittag ging er ins Gemeindeamt, weil er meinte, hier um Verlängerung seines Aufenthalts ansuchen zu müssen. Der Bürgermeister war auf den Feldern der Genossenschaft, nur Elisabeth Bosch war im Büro und wischte den Fußboden.

Die Frau ließ den Mann eine Weile in der Tür stehen. Erst als ihr sein Warten lästig wurde, sagte sie: »Es ist niemand da.« Weil er auch dann nicht ging, wiederholte sie: »Es ist niemand da.«

Elisabeth Bosch fühlte sich unter den Blicken des Mannes unsicher werden. Ihre Kleiderschürze war fleckig, das Haar ungeordnet, die Füße waren nackt und schmutzig. Das alles bemerkte sie plötzlich, stieß ungeschickt gegen die Tischlampe, und die stürzte zu Boden. Alain sprang hinzu, wollte die Lampe an ihren Platz stellen, aber die Frau rief zornig: »Es ist niemand da. Wie oft soll ich es Ihnen noch sagen?«

»Es tut mir leid«, erwiderte der Mann.

Sie blickten einander wortlos an. Dann verließ er das Zimmer. Kaum war Jakob Alain fort, bedauerte Elisabeth Bosch ihre Unfreundlichkeit. Sie sah ihn die Straße entlanggehen, über den vom Frost des letzten Winters aufgebrochenen Asphalt. Ein Hund schob seine Schnauze unter dem Spalt eines Hoftores hindurch, kläffte, und der Mann sprang erschreckt zur Seite. Der Fremde kam ihr hilflos vor, irgendwie verloren. Mein Gott, dachte sie, wie er nur geht, so habe ich noch niemanden gehen sehen. Sie eilte zum Fenster und rief Alain zu, er möge nachmittags gegen zwei wiederkommen, dann sei jemand da, der Bürgermeister sei da, gewiß, er möge nur kommen. Alain hob die Hand, als wollte er Elisabeth Bosch zuwinken. Aber es war nur ein Zeichen, daß er verstanden hatte.

Die Frau fühlte sich seltsam erregt. Eine Weile stand sie noch am Fenster. Im Vorgarten blühte Phlox. Der Himmel war wolkenlos, getrübt nur vom Qualm aus den Schornsteinen des Kraftwerkes nahe dem Dorf. Elisabeth Bosch kehrte sich wieder der Arbeit zu. Sie merkte nicht, daß sie dabei versuchte, Jakob Alains Gang nachzuahmen, diesen eigenartig wiegenden Schritt, als ginge der Mann auf einem Grund, der sich bewegt.

Der Mann erschien pünktlich um zwei im Gemeindeamt, insgeheim hoffend, die Frau vorzufinden, jedoch sie war nicht da. Nur der Bürgermeister, ein kleiner, bulliger Alter, saß hinter seinem Schreibtisch. Er hatte wie immer wenig Zeit, mußte eine Planbesprechung vorbereiten, einen Bericht an den Kreisvorsitzenden abfassen und fühlte sich gestört, zumal Visaangelegenheiten in die Zuständigkeit der Polizeimeldestelle beim Kreisamt gehörten. Überhaupt fand er den Hamburger reichlich einfältig. Sein Paß trug ordentliche Stempel, die ihm erlaubten, noch eine weitere Woche im Dorf zu bleiben. Er hätte nicht herzukommen brauchen, sagte Reimelt und bedeutete ihm zu gehen.

Jakob Alain war froh, sich aus der Nähe des grobschlächtigen Alten zu wissen. Er blieb unschlüssig auf den schiefgetretenen Stufen des Gemeindeamtes stehen, schaute die Straße links hinauf und rechts hinab, in der Erwartung, daß sich irgendwo die Frau zeigte. Statt dessen kam der Bürgermeister, stutzte, den Mann immer noch vorzufinden, und wollte wissen, warum er vor dem Amt herumstünde. Alain glaubte sich ertappt, war verlegen, redete etwas von Sonne und freundlichem Tag, ob der Bürgermeister es nicht auch fände, dummes Zeug jedenfalls, wie er selbst merkte. Reimelt meinte denn auch, der Hamburger wolle ihn verulken. Hier sei nicht der Ort zu gaffen, sagte er schroff. Das schien nun wiederum Jakob Alain nicht der angemessene Ton, mit ihm zu reden. Ein Parkverbot für Fußgänger könnte er nicht entdecken, erwiderte er. Ein Wort gab das andere, und am Ende spuckte Alain aus und lief geradewegs ins Gasthaus. Das Dorf war ihm verleidet.

Elisabeth Bosch wohnte dem Gemeindeamt gegenüber, sah den Mann hineingehen, wieder heraustreten und nach etwas Ausschau halten, dabei die zwei Stufen herabsteigen und rückwärts wieder hinauf. Sie meinte, er müsse buschige Augenbrauen haben. Für einen Augenblick schien ihr, er hätte sie hinter den Gardinen entdeckt, und sie ging eilig das Geschirr waschen. Doch als sie wieder ans Fenster trat, sah sie, wie er dem Bürgermeister vor die Füße spuckte und gleich darauf zum »Alten Krug« rannte. Reimelt schrie ihm etwas nach, böse Worte sicherlich, denn so stand der Alte immer da, wenn er zornig war, das heißt, er stand nicht, sondern trat von einem Fuß auf den anderen, streckte den Kopf vor wie ein aufgebrachter Ganter und fuchtelte dabei mit den kurzen, kräftigen Armen.

Der Streit der Männer machte Elisabeth Bosch betroffen, ohne daß sie hätte sagen können, warum. Sie ging auf den Hof, um ihre Flugenten zu füttern. Davon besaß sie ein gutes Dutzend, zog jedes Jahr neue auf, verkaufte die Tiere zu Weihnachten und verschaffte sich so einen zusätzlichen Verdienst. Noch während sie in die Wohnung zurückging, verspürte sie Appetit auf ein Glas kaltes Bier. Eine plötzliche Unruhe kam in ihr auf, ja eine Angst, als könnte ihr etwas verlorengehen. Sie zog sich um, kämmte sich flüchtig und ging gleichfalls ins Gasthaus, ein wenig überhastet, wie sie auf halbem Weg feststellte. Sie fühlte sich versucht, wieder umzukehren, tat es dann aber nicht.

Jakob Alain saß an einem Tisch nahe der Theke und trank schon das fünfte Glas Wodka, obwohl er ihm nicht schmeckte. Je mehr er trank, um so stärker wurde seine Unlust. Ihn ärgerte, daß er polnischen Wodka trinken mußte, obgleich er russischen verlangt hatte. Ihn ärgerte das unsaubere Tischtuch, auf das er starrte, und auf dem eine Zeitung lag. Ihn ärgerte der alberne Wimpel an der Wand, eine Trophäe vom Kegelklub. Es war nicht seine Art, Streit zu suchen. Aber nun nahm er die Zeitung und warf sie auf die Theke.

»Quatsch«, rief er, »alles Quatsch.«

Der Wirt verspürte wenig Neigung, sich mit dem angetrunkenen Gast auf ein heikles Gespräch einzulassen. Ob er sonst noch etwas wünsche, fragte er. Jakob Alain mußte glauben, der junge Kerl mit dem Bierbauch und dem bleichen Gesicht wollte ihn zurechtweisen.

»Ja«, gab er zur Antwort und schlug mit der Faust auf den Tisch, »ein sauberes Tuch.«

Das ging nun wieder gegen die Ehre des Wirts. Erst vor wenigen Tagen hatte er eine zweite Eingabe an die Konsumvereinigung gemacht, worin er forderte, man solle ihm in ausreichender Menge saubere Tischtücher liefern oder ihm gestatten, stundenweise eine Waschfrau zu beschäftigen. Ihn für einen Liederjan zu halten, hatte niemand das

Recht. Er hatte sogar im Wettbewerb eine Urkunde erhalten. Er hieß Jakob Alain die Zeche bezahlen und die Gaststube verlassen, hier sei kein Platz für Radaubrüder, ob sie nun aus Rom kämen oder sonstwoher.

Das war der Augenblick, da Elisabeth Bosch den Dorfkrug betrat. Die Männer waren so in ihrem Streit befangen, daß sie nicht Zeit fanden, die Frau zu beachten.

Keineswegs habe er die Absicht zu gehen, meinte Alain, vielmehr wünsche er einen weiteren Wodka. Er bezahle, wann er wolle, er sei ein freier Mann und werde es zu hüten wissen, in Rom und überall.

Elisabeth Bosch saß auf einer Bank vor dem offenen Fenster. Im Gebälk der Veranda hatten Schwalben Nester gebaut. Die jungen Vögel flatterten ungeschickt. Die Frau starrte hinaus und schämte sich, daß sie hergekommen war, und sie schämte sich Jakob Alains, den sie für einen Trunkenbold nehmen mußte.

»Schreien Sie nicht so laut«, sagte sie, »es gibt hier auch welche, die Ruhe haben möchten.«

Sie war überrascht, sich sprechen zu hören. Es war ihr auch nicht recht, von den beiden Männern und den jungen Leuten, die am Spielautomaten ihre Zeit vertrieben, angesehen zu werden. Sie bestellte ein Glas Limonade. Der Wirt brachte es ihr sogleich, schon allein, um dem zänkischen Gast zu beweisen, daß hier alles seine Ordnung hatte.

Es war jetzt sehr still in der Schenke. Man hörte die Schwalben zwitschern und die Kugeln im

Spielautomaten rollen. Ein Mädchen lachte. Alain murmelte, daß er zu zahlen wünsche. Der Wirt schrieb eine Rechnung, was er sonst nicht tat, schob das Trinkgeld zurück, das Alain ihm geben wollte, ging ohne ein weiteres Wort hinter den Tresen und spülte Gläser.

Jakob Alain hätte gern ungeschehen gemacht, was vorgefallen war.

»Sie denken ganz falsch von mir«, sagte er zum Wirt.

Seine Beteuerung galt weniger dem Mann als vielmehr Elisabeth Bosch, aber niemand beachtete ihn. Er fühlte sich sehr fremd und sehr einsam, wollte aufstehen und auch wieder bleiben. Schließlich ging er, verharrte aber bei der Frau, und ohne recht zu wissen, was da mit ihm geschah, streckte er plötzlich seinen Arm aus und strich ihr mit der schweren Hand übers Haar. Dann verließ er das Gasthaus.

Elisabeth Bosch saß eine Weile unbeweglich, sprang dann unvermittelt auf und lief, ohne die Faßbrause zu bezahlen, dem Mann hinterher. Ihr war gleich, was der Wirt denken oder die Leute im Dorf reden würden. Sie erreichte Alain, ging mit kurzen Schritten neben ihm her, und er schneuzte sich und sagte: »Ein Trinker bin ich nicht.«

Die Dorfstraße fiel steil ab, schlug einen scharfen Bogen und führte zwischen den Feldern hindurch zu einem stillgelegten Tagebau, dessen Senke sich mit Wasser gefüllt hatte. Dorthin gingen sie und setzten sich an den Rand des abschüssigen Geländes. Im kleinen See spiegelte sich die untergehende Sonne. Das Wasser trug die Stimmen einiger Schwimmer bis zu ihnen herauf.

»Komisch«, sagte die Frau.

»Ja, komisch«, erwiderte Jakob Alain.

Ein Kuckuck rief, und Elisabeth Bosch zählte die Rufe.

»Es gibt auch schwarze Möwen, rote und blaue und welche so groß wie ein Bussard.«

Sie begriff nicht, was der Mann damit sagen wollte.

»Das Meer muß sehr groß sein«, sagte sie.

Er antwortete nicht, und Elisabeth Bosch dachte daran, daß sie in ihrem Leben noch nie das Meer gesehen hatte, überhaupt sehr wenig von der Welt kannte: die Berge im Böhmischen, das Brandenburger Tor und den Zwinger in Dresden. Das war's schon. »Es muß sehr schön sein«, sagte sie.

Alain hob den Arm, als wollte er zeigen, wie groß und wie schön das Meer sei.

Die Frau mußte glauben, daß er sich auf den Ozeanen auskenne wie sie im Dorf und in der Bezirksstadt. Sie wagte nicht zu fragen, wo überall in der Welt er schon gewesen war. Sie hätte dann eingestehen müssen, wie wenig ihr davon bekannt war. Der Mann hingegen dachte, daß es so absonderlich nicht sei, sich vorzustellen, mit der Frau am Schanzkleid eines Schiffes zu stehen und aufs Wasser zu sehen und auf den weißen Sand einer Insel. Er lächelte bei diesem Gedanken, warf einen Stein in den Teich und sagte: »Ich habe nahezu alles im Leben vorbeilaufen lassen.«

Elisabeth Bosch schmerzte der Rücken. Sie fand

sich plump und dick und wünschte sich einige Jahre jünger, dann könnte sie im Gras sitzen, die halbe Nacht, und es würde ihr nichts ausmachen.

»Gehen wir«, sagte sie.

Es fiel ihr schwer aufzustehen, und der Mann faßte sie bei der Hand.

Wind kam auf und trieb Rauchschwaden vom Kraftwerk übers Dorf. Die Luft roch verbraucht und faulig, und Alain verspürte eine leichte Übelkeit.

»Das hier wäre nichts für mich«, sagte er.

»Jeder lebt, wo er lebt, und findet es gut«, erwiderte die Frau.

Sie sagte es böse und war verwundert über ihre Heftigkeit.

»Ja«, gab der Mann zur Antwort, »eigentlich lebt jeder mit sich allein.«

»Ich habe die Kinder.«

»Vielleicht ist es da anders. Ich weiß es nicht.«

Sie gingen langsam aufs Dorf zu. Der Mond zeigte sich als blasse Sichel.

»Sind Sie verheiratet?« fragte Elisabeth Bosch.

Der Mann lief plötzlich, als sei ihm die Frau lästig. Sie konnte ihm nicht folgen, blieb stehen, lehnte sich gegen einen Baum, und ihr war kalt. Soll er gehen, dachte sie, ich habe mit ihm nichts zu schaffen. Aber mit einem Male stand er neben ihr und sagte: »Meine Frau ist tot. Sie war eine gute Frau.« Er gab Elisabeth seine Jacke, und ihr war warm darin. Sie gingen schweigend nebeneinander her.

Beim Abschied sagte er: »Ich heiße Jakob Alain.«

»Und ich Elisabeth Bosch«, erwiderte sie.

Die Frau hatte Brötchen gekauft, Wurst und Kuchen, denn sie war sicher, daß er sich melden würde. Sie hielt das Kaffeewasser warm, und aus dem Garten holte sie Phlox. Dann saß sie am Fenster und blickte auf die Straße. Erst am späten Nachmittag hielt sie es nicht länger aus und lief zu Lautenbachs.

»Der ist lange weg.«

Sie nahm nur diesen Satz auf und hatte Mühe, ihre Verwirrung zu verbergen.

Zu Haus setzte sie sich wieder ans Fenster. Ihr war, als hätte sie etwas verloren, auf das sie mehr hätte achtgeben müssen.

An der Wand neben dem Fernseher hing ein Foto ihres Mannes. So trug sie ihn im Gedächtnis: die Augen ein wenig zusammengekniffen, breite Backenknochen, die Stirn nicht hoch, das Haar leicht lockig. Und vielleicht war sie mit ihm glücklich gewesen. Er hatte den Jungen vor sich aufs Motorrad gesetzt, war mit ihm die Wege entlanggerast, daß ihr angst geworden war. Man hatte ihr den Toten nicht mehr gezeigt. Sie war hinter dem Sarg hergegangen, das Mädel auf dem Arm, den Jungen an der Hand, und hatte gedacht: Vielleicht ist da niemand drin. Sie haben meinen Mann nicht gefunden, wollen es nur nicht sagen und spielen mir etwas vor.

Er hat schon recht, dachte sie und meinte jetzt

wieder Jakob Alain, der tags zuvor gesagt hatte: »Eigentlich lebt jeder mit sich allein.« Kinder gehen fort.

Die Frau blickte wieder aufs Foto und fragte sich, ob der Mann zufrieden gewesen sein mochte mit ihr oder besser gelebt hätte mit einer anderen.

Am Wochenende reiste Elisabeth Bosch zu ihrem Sohn in die Bezirksstadt. Jedesmal, wenn sie an den Abraumhalden vorbeifuhr, den gewaltigen Förderbrücken, wenn sie die braunen Felder sah, das spärliche Gras, wenn sie den langgezogenen Ruf eines Signalhorns hörte, kam sie sich verloren vor, ausgesetzt auf einem trostlosen Stück Erde, dem sie entfliehen wollte und das sie doch festhielt. Es hatte eine Zeit gegeben, da war ihr, als hörte sie die Stimme des verunglückten Mannes. Sie verspürte dann den Drang, aus dem fahrenden Bus zu springen und in die zerfurchte Weite laufen zu müssen. Der Arzt riet, aus dem Dorf fortzuziehen, das angefüllt war mit Erinnerungen und Bildern. Das Kombinat bot ihr auch die Stelle einer Küchenleiterin in einem Thüringer Ferienheim an. Aber sie lebte schon zu lange hier und konnte und wollte nicht fort. Um den Visionen zu entgehen, mied sie den Bus, zog es vor, mit dem Zug zu fahren, auch wenn der Bahnhof eine knappe Stunde vom Dorf entfernt lag. Die Eisenbahnstrecke verlief abseits vom Tagebau. Der krankhafte Zustand änderte sich denn auch.

Es wiederholte sich stets. Elisabeth Bosch reiste in freudiger Erwartung in die Stadt und kehrte bedrückt ins Dorf zurück. Sie war dann gewillt, Sohn und Schwiegertochter so bald nicht mehr zu besuchen. Doch sie hielt die Trennung nicht aus und fuhr wenig später wieder. Immer redete sie sich ein, diesmal würde es anders werden. Sie nahm böhmischen Flaselkuchen mit, den niemand so gut backen konnte wie sie. Die Frau war stolz auf ihre Kunst, die sie der Großmutter verdankte, der guten Alten, die eines Tages am Waschtrog vornübergekippt war, tot auf den Steinen lag, das Mädel unbeschützt in einer Welt zurücklassend, die im ersten Jahr des großen Krieges stand. Elisabeth wünschte, die jungen Leute – sie sprach stets nur von den *Kindern* – glücklich zu sehen. Als der Sohn promovierte, die Schwiegertochter dabei war, das Lehrerstudium abzuschließen, zögerte sie nicht, ihnen im Haushalt zu helfen. Hans und Regina empfanden die Fürsorge der Mutter zunächst angenehm. Bald aber wurde ihnen der Eifer der Frau lästig, zumal Elisabeth Bosch das Haus nach ihren Gewohnheiten führte. Die Wäsche im Schrank ordnete sie anders als die Schwiegertochter. Die Jeans steckte sie ins kochende Wasser und verdarb sie. Am Sonntag stand sie um fünf Uhr auf, bohnerte den Korridor, rumorte im Bad oder reinigte das Spülbecken der Toilette. Kam eines der *Kinder* aufgestört aus dem Schlafzimmer, sagte Elisabeth Bosch: »Schlaft ok, schlaft«, und sie lief auf Zehenspitzen in die Küche. Es war rührend und komisch und ärgerlich. Promotion und Staatsexamen taten ein übriges, den Topf überkochen zu lassen. Den Abend vor der Prüfungslektion hatte Regina das bei solchen Anlässen übliche Lampenfieber, war gereizt und nervös. Elisabeth kam fortwährend ins Zimmer: das Geschirrtuch holen, die gewaschenen Gläser einräumen, fragen, für welche Zeit sie das Abendbrot richten sollte. Jedesmal sagte sie: »Es geht ganz schnell, lern ok schön.« Regina geriet am Ende außer sich und schrie, einmal nur, einmal möchte sie allein sein dürfen, ohne Backerei und ohne Schwiegermutter und ohne Bohnern. Sie kauerte inmitten der umhergeworfenen Bücher auf dem Fußboden, weinte und konnte sich nicht beruhigen. Elisabeth stand erschreckt, ohne etwas zu begreifen, und fuhr noch in derselben Nacht ins Dorf zurück. Über das Erlebte sprach sie nicht, wie sie überhaupt niemals etwas Unfreundliches über ihre *Kinder* sagte, es auch anderen nicht gestattete. Aber vergessen konnte die Frau den Vorfall nicht. Zum ersten Mal erfuhr sie das Gefühl der Nutzlosigkeit. Es ängstigte sie und ließ sie den Kindern gegenüber unsicher werden, auch wenn Hans und Regina bemüht waren, zu erklären, daß die Prüfungsangst, und nur die, Ursache für das Versagen der Nerven gewesen sei, es täte ihnen leid. Elisabeth Bosch mußte an die Sprüche der Großmutter denken, von denen einer war: Eine Mutter kann sieben Kinder ernähren, aber sieben Kinder nicht eine Mutter. Elisabeth Bosch wurde stiller. Auch während der Gemeindeversammlungen meldete sie sich kaum mehr zu Wort. Fragte man sie um ihre Meinung, zuckte sie die

Schultern und sagte: »Es wird schon so richtig sein, wie ihr's macht.« Erst als Pablo geboren war, reiste sie wieder öfter in die Stadt. Aber kaum war der Kleine gebadet und abgefüttert, ging sie aus dem Haus. Sie müsse sich um ihre Flugenten kümmern, sagte sie, die Tiere verlangten ihre Tour Arbeit treppauf, treppab. Sie wollte niemandem zur Last fallen. Einsamkeit schien ihr leichter zu ertragen als ein Beisammensein, von dem sie nicht wußte, wie sehr es die anderen wünschten.

Jakob Alain träumte, eine Wolke fiele auf ihn und er müsse ersticken. Eigentlich hatte er keine Angst vorm Sterben; dachte er an den Tod, tat er es mit Gelassenheit. Leben und nicht mehr leben, das eine war nicht ungewöhnlicher als das andere. Die Tage glichen einander. Jeden Morgen wurde er um halb fünf wach. Dann war die Reihenfolge bestimmt: rasieren, waschen, frühstücken, der Weg zum Walhafen. Noch niemals war er unpünktlich zur Arbeit gekommen. Er löschte Ladungen aus Santos, Chittagong, Kalkutta, belud Schiffe aus Rostock, Archangelsk, Shanghai. Abends fuhr er mit dem Auto die vollgestopften Straßen zurück in sein kleines Haus nahe dem Elbufer. Er lebte gern an diesem Platz. Nichts in der Welt hätte ihn bewegen können, von hier fortzugehen. Und doch waren ihm Fluß und Haus und Garten weniger wert, seit ihm vor Jahren die Frau weggestorben war. Sie hatte sich viele Monate quälen müssen, und als er ihr die Augen zudrückte, fühlte er so was wie Erlösung, nicht für sich, sondern für sie, obwohl beide glücklich miteinander gewesen waren, auch ohne Kinder. Nach dem Tode der Frau ließ Alain das Anwesen verwildern, saß an warmen Tagen viele Stunden am Ufer, tat nichts weiter, als aufs Wasser zu sehen, das unbeirrt zum Meer floß. War das Wetter weniger freundlich, hockte er über seinen Briefmarken. Kollegen und Nachbarn hatten längst aufgehört zu versuchen, Ablenkung in seine selbstgewählte Monotonie zu bringen. Niemand witzelte mehr, fragte auch nicht, und er war's zufrieden.

Nun aber passierte es ihm, daß er träumte, eine Wolke fiele auf ihn und er müsse ersticken. Die Angst trieb ihn aus dem Bett und ließ ihn durch den Garten laufen zum Fluß hin, über dem Nebel lag. Er hörte den Motor eines Lotsenbootes, wenig später das Schwappen des Elbwassers, und das vertraute Geräusch machte ihn ruhig. Der Morgen war kühl. Von den Sträuchern tropfte Nässe. Alain schlang die Arme um seinen Körper und atmete tief.

Etwas war anders geworden, seit er Elisabeth Bosch begegnet war. Er hieß sich einen Dummkopf, daß er so überstürzt aus dem Dorf abgereist war, im nachhinein fand er keinen rechten Grund dafür: Angst, aus dem Gewohnten herausgerissen zu werden, etwas heraufzubeschwören, dem er auf die Dauer nicht gewachsen war – vielleicht war es das gewesen. Oder Furcht vor dem Gewitzel der Schauerleute, Johannistrieb und zweiter Frühling. Am Kai war man nicht zimperlich. Vielleicht hatte er auch an Greta gedacht, seine Frau, und wie schwer sie gestorben war. Das Haus hatte *er* gewollt, nicht sie. Und er hatte es gewollt, weil er wußte, daß sie einen anderen Mann nicht vergessen konnte: ihren Verlobten, den schon am ersten Kriegstag eine Mine zerrissen hatte. Jakob Alain hatte gehofft, sie würde hier draußen an der Elbe nicht mehr einem Toten leben. Er fuhr Zusatzschichten, weil das Geld knapp wurde. Selbst zu Ostern und Weihnachten sah man ihn damals bei den Schiffen. Später, wenn alles eingerichtet war, wollten sie jeden Tag genießen und in die Welt fahren. *Später* – ein Wort, das er hassen gelernt hatte. Es betrog die Lebenden um ihr Leben, und die Toten erreichte es nicht mehr.

Jakob Alain störte plötzlich das Unkraut zwischen den Wegplatten. Er fing an, Disteln zu reißen und Gras, gab es bald wieder auf, dachte nur, scheußlich, wie der Garten verkommt. Er ging zurück ins Haus, und der Tag rückte sich in die übliche Ordnung: rasieren, waschen, frühstücken, der Weg zum Walhafen.

Der Sommer ging hin. Die Erdölpreise stiegen, ein Türke schoß auf den Papst, Israeli drangen im Libanon vor, im Dorf gab es Ärger während der Ernte. Erst fielen zwei Mähdrescher aus, dann brannte eine Scheune. Die einen deuteten es als Sabotage, die anderen als Schlamperei. Jedenfalls lagen Gemeinde und Produktionsgenossenschaft im Kreiswettbewerb auf dem letzten Platz. Der Parteisekretär fluchte, der Genossenschaftsvorsitzende brüllte die Leute an, der Bürgermeister berief Versammlung auf Versammlung ein. Im Gemeinderat herrschte ein rechtes Tohuwabohu. Hatte Elisabeth Bosch am Nachmittag die Räume saubergemacht, war dort am Abend wieder alles durcheinander. Niemand trat draußen die Stiefel ab, Kaffeetassen, Bierflaschen, vollgestopfte Aschenbecher fanden sich zwischen Mappen, Formularen und Zetteln. Suchte Reimelt eine Akte, gab er Elisabeth Bosch die Schuld, wenn er sie nicht fand. Mit ihrem Ordnungsfimmel würde sie nur Wirrwarr anrichten, rief er, wischte die Einwände der Frau mit einer Handbewegung fort und meinte, hier wird eine Schlacht für den Sozialismus geschlagen, wem es nicht paßt, der muß nicht herkommen. Daraufhin schüttete Elisabeth Bosch dem Mann kurzerhand das Putzwasser vor die Füße und war auf der Straße, noch bevor er etwas erwidern konnte.

Für gewöhnlich folgte einem solchen Streit bald wieder die Versöhnung. Noch am Abend desselben Tages suchte Reimelt Elisabeth Bosch auf, hielt ihr eine Flasche Wodka hin, feixte und sagte: »Pack schlägt sich, Pack verträgt sich. Du bist auch zu empfindlich. Wenn ich mich über alles und jedes so aufregen sollte, ich wäre längst beim Teufel.«

Die Frau wußte, was es den Mann kostete, diesen Schritt zur Aussöhnung zu tun. Sie hieß ihn ins Zimmer kommen, und der Bäcker will ihn am zeitigen Morgen aus dem Haus haben schleichen sehen.

Im Dorf hielt sich schon lange das Gerücht, die

beiden seien einig und würden heiraten, Reimelt habe endlich die Hörner abgeworfen, die ihm seine Frau aufgesetzt hatte, damals nämlich, als ihn die Engländer in Norwegen gefangennahmen und in ein Lager steckten. Er blieb zu lange weg, und als er endlich nach Hause kam, lag ein anderer in seinem Bett und trug seine Anzüge. So jäh aus dem Garten freudiger Erwartungen gerissen, stürzte der einstmalige Stabsgefreite den Eindringling aus dem Fenster, daß der mit einem doppelten Schädelbruch ins Krankenhaus eingeliefert werden mußte. Reimelt brachte das achtzehn Monate Gefängnis ein. Währenddem wanderte die Frau mit ihrem wieder genesenen Liebhaber von der sowjetischen in die amerikanische Besatzungszone aus und später nach Boston. Seit jenem Vorfall enthielt sich der Mann nicht nur jeder festen Bindung an eine Frau, ihm waren auch die Amerikaner zuwider, die mit diesem Ereignis gar nichts zu tun hatten. Reimelt meldete sich freiwillig zum Uranabbau und hoffte insgeheim, daß ihn der Berg begrub. Aber er wurde Aktivist, und als ihm herabstürzendes Gestein die Schulter zerschlug, machte man ihn seiner Verdienste wegen zum Bürgermeister. Er konnte sich sein Leben und seine Arbeit ohne das Dorf und ohne Elisabeth Bosch nicht mehr vorstellen.

Zwei Wochen später kam ein Brief von Jakob Alain.

Elisabeth erhielt selten Post. So weit entfernt wohnten die Kinder nicht. War etwas zu bereden, besuchten sie die Mutter, oder die fuhr zu ihnen.

Erna Lautenbach übergab ihr den weißen Umschlag auf der Straße.

»Aus Hamburg.«

»So.«

Mehr sagte die Frau nicht, steckte das Schreiben in die Tasche und tat, als interessiere es sie nicht weiter, aber ihre Beine liefen immer schneller der Wohnung zu. Sie rannte die Treppe hinauf, suchte die Brille und fand sie schließlich in der Schürzentasche.

Alain schrieb wenig von Belang, ob die Tage im Dorf auch so mild seien wie in Hamburg und ob es viel Arbeit gebe, so viel wie im Hafen. Das war's nicht, was die Frau hätte bewegen können, den Brief wiederholt zu lesen. Vielmehr war's der Schluß. Ohne jede Vorbereitung stand dort der Satz: »Es war schön.«

Etwas, von dem man hätte glauben sollen, es sei längst tot, lebte wieder auf. Die Frau fühlte sich auf eine ihr unbekannte Art froh, wollte dem Mann sofort antworten, fand aber nicht die rechten Worte und ließ es am Ende sein. Sie half bei der Kartoffelernte, und später waren die Rüben aus der Erde zu holen. Niemandem im Dorf fiel etwas Bemerkenswertes auf, obwohl das Verlangen nach Klatsch nicht geringer war als sonst. Nur Mascha, der Tochter, schien die Mutter verändert. Es konnte vorkommen, daß Elisabeth Bosch sich ans Fenster stellte und auf die Straße schaute, als erwarte sie jemanden. Und während des Strickens legte sie unvermittelt die Hände in den Schoß und blickte an den Dingen vorbei. Einmal fragte Mascha die Mutter, ob außer dem Vater noch ein anderer Mann in ihrem Leben gewesen wäre.

»Wie kommst du auf so was«, erwiderte die Frau, wurde rot, und Mascha mußte über die Verlegenheit der Mutter lachen.

»Was ist dabei«, rief sie, »mir kannst du's sagen.«

Elisabeth wurde ärgerlich, gar nicht einmal, weil sie meinte, solche Frage gehörte sich nicht von der Tochter zur Mutter, sondern weil sie sich erraten glaubte. Liebe, dachte sie, du meine Güte, wichtig ist, daß der Mann gut ist. Das andere verbrennt schnell.

»Nein«, sagte sie, »einen anderen gab es nicht.«

Und natürlich log sie, obgleich kein Grund dafür vorlag.

Möglich, daß Elisabeth Bosch Jakob Alains wegen log, denn welchen Sinn sollte es haben, ihm zu erzählen, daß sie, halbwüchsig, eigentlich ein Kind noch, sich zu einem Mann ins Bett gelegt hatte, nur weil er gut zu ihr gewesen war nach dem Tod der Großmutter. Er besaß einen Bauernhof im Böhmischen, keinen großen. Im Krieg hatte er innerhalb einer Woche beide Söhne verloren, den einen in Frankreich, den anderen irgendwo im Atlantik. Seine Frau verwand den Schock nicht und wurde wunderlich. So fanden sie sich eben, der Mann und das Mädel, krochen zueinander, weil ihnen sonst nichts geblieben war. Geliebt hat Elisabeth Bosch den Mann nicht, der ihr Vater hätte sein können. Aber er kaufte ihr ein schönes Kleid und ein Tuch, und sie fühlte sich beschützt. Natürlich hörte sie sich von den Nachbarn böse Worte an, aber der Krieg ging zu Ende, und die Deutschen mußten Böhmen verlassen. Den Bauern verschlug es nach Bayern, Elisabeth ins Sächsische, denn während des Umherziehens hatte sie ihren späteren Mann kennengelernt. Der Bauer beschwor sie, bei ihm zu bleiben, schrieb Brief um Brief, kam in die Ostzone, das Mädchen mit sich zu nehmen. Aber die Vergangenheit war von ihr abgefallen wie ein zerschlissenes Kleid. Sie hatte einen Mann, der ihr recht war. Im Bergbau gab es Zusatzverpflegung für die Arbeiter. Warum hätte sie nach Bayern sollen, Sachsen war nicht schlechter. Dann kamen die Kinder, und ihr blieb keine Zeit, über Wenn und Aber nachzugrübeln. Erst jetzt erinnerte sie sich wieder öfter an die Großmutter, die Rapsfelder, die Herbstzeitlosen auf den Wiesen, und sie roch den Duft von Grummet und Kamille. Von Mal zu Mal erhielt das längst Verblaßte wieder Farben. Wörter fielen ihr ein, die hier niemand sprach und die auch sie schon über Jahre hin nicht mehr gebraucht hatte. Sie war nie wieder im Böhmischen gewesen. Anfangs blieben die Grenzen geschlossen, und später hatte sie Furcht vor der vergeblichen Suche nach einer Zeit, die verloren war, und einem Ort, den es nicht mehr gab.

»Ich möchte nicht heiraten«, sagte Mascha.

Und Elisabeth erwiderte: »Es plappert sich

leicht daher.« Das Mädel hatte ihr schon immer mehr Kummer bereitet als der Junge. Aber Hans konnte mit der Erinnerung an den Vater leben. Es gab ein grünes Motorrad, einen roten Ball und große Hände, die ihn hochwarfen und wieder sicher auffingen. Mascha besaß nichts, nur die Eifersucht und den Zorn auf jeden Fremden, von dem sie fürchten mußte, daß er ihr die Mutter wegnahm. Elisabeth durfte damals nicht wagen, einen Mann ins Haus zu bringen, Mascha wurde krank, bekam Fieber, und einmal war sie fortgelaufen und hatte von der Polizei gesucht werden müssen. Sagte jemand: »Der gehört eine Tracht Prügel«, meinte die Frau: »Das Mädel hat's schwer genug ohne Vater.« All das hatte Mascha vergessen. Kamen Hans oder die Mutter darauf zu sprechen, hörte sie zu, als erzählten sie Geschichten aus dem Leben einer ihr Unbekannten. So viel Eigensinn und Unverstand wollte sie sich nicht zubilligen, zumal sie der Mutter jetzt jemanden wünschte, mit dem sie hätte zusammenleben können. Keineswegs nur, weil sie darin für sich die Möglichkeit zu einer größeren Unabhängigkeit sah, sondern weil sie selbst liebte.

Wenn Jakob Alain versuchte, sich Elisabeth Bosch vorzustellen, mußte er erstaunt feststellen, daß er kaum etwas von ihrem Aussehen in Erinnerung behalten hatte. Geblieben waren ihre Hände, kräftige Finger mit kurzgeschnittenen Nägeln, die Haut ein wenig gerötet. Vom Leben der Frau wußte er nichts. Nur das schien ihm sicher: Sie lebte ohne Mann. Sie wäre sonst nicht mit ihm so ohne jedes Geziere zum abgelegenen Teich gegangen, hätte sich nicht die Jacke umhängen lassen, überhaupt wäre sie anders gewesen.

Was Jakob Alain über Frauen wußte, wußte er durch Greta, aus Filmen und Illustrierten. Nach Gretas Tod war er hin und wieder in eins der Häuser gegangen oder hatte sich auf der Straße ansprechen lassen. Aber es hatte ihm weder Vergessen noch Lust gebracht. Er hatte sich sehr bald wieder in die Stille seines Hauses zurückgezogen, hatte dort mit seinen Briefmarken gelebt wie Elisabeth Bosch mit ihren Flugenten. Jetzt fand er dafür immer weniger Zeit. Er besserte den Zaun aus, schnitt im Garten den Rasen, setzte zwei Sträucher um, riß Unkraut und streute die Wege mit rotem Kies aus. Vor dem Winter noch wollte er die Wohnräume neu tapezieren.

Dabei hätte Alain Grund genug gehabt, die milden Spätsommertage zur Erholung zu nutzen. Er hatte, wie er meinte, sich im Hafen eine rechte Drecksarbeit andrehen lassen. Es gab einige Mark mehr zu verdienen, aber das Geld war's nicht. Türken und Jugoslawen hätten den Job ganz gern übernommen. Schuld trug Elisabeth Bosch, oder anders gesagt, Alains Wunsch, etwas für sie zu tun. An der Pier lag ein Zehntausend-Tonner aus Rostock, bis an die Luken vollgeladen mit schmierigen Datteln aus Kuweit. Drüben wäre das Schweinefutter knapp geworden, sagte man, und der Rostocker Hafen besäße keine freien Liegeplätze. Es war im wahrsten Sinne des Wortes eine Sauplackerei. Die Ballen klebten aneinander, mußten mit hacken- und machetenähnlichen Messern auseinandergeschlagen werden, damit der Kran sie fassen konnte. Wer in den Laderäumen steckte, glaubte sich ein Kuli, alles stank nach Datteln: die Schuhe, die Socken, die Haare, selbst die Träume nachts. Jakob Alain war weggerutscht und mitten hineingefallen in den widerlichen Matsch. Drei Schauerleute hatten Mühe gehabt, ihn hochzuhieven. Spätestens da wäre er aus dem miesen Geschäft ausgestiegen, wenn eben nicht die Frau gewesen wäre und der Gedanke, daß sie vielleicht nicht wußte, womit sie ihre Schweine füttern sollte. Also blieb er und schrieb einen zweiten Brief an Elisabeth Bosch. Diesmal, so dachte er, müßte sie antworten, er hatte ein Recht darauf. Zugleich bat er Elisabeth, ihm ein Foto zu schicken, es würde ihm guttun in seinem Alleinsein hier oben am Meer.

In der Tat fühlte sich der Mann einsam, und seine Tage waren leer wie schon lange nicht. Die Schufterei im Hafen und die Arbeit im Garten halfen ihm nur von einer Stunde zur anderen über eine zunehmende Freudlosigkeit hinweg. Manchmal saß er vor dem Bild seiner toten Frau und suchte nach Erinnerungen, die ihm zu sagen erlaubten: Es hat zu leben gelohnt. Aber da war immer wieder dieses »Später, später«, das auch die überhasteten zwei kleinen Reisen nicht hatten wettmachen können, als die Ärzte zu verstehen gaben, es wird nicht mehr lange dauern. Die Ardennen und Amsterdam, weiter durften sie sich nicht wagen. Und in Dinant saßen sie am Fuße der Zitadelle, blickten vom Felsen aus auf das Städtchen und die Maas, und das Liebliche der Landschaft machte ihnen den Tag nur noch elender.

»Daß ich noch so Schönes erleben kann«, sagte Greta.

Und er entgegnete: »Das ist erst der Anfang.«

Dabei wußten es beide besser. Aber die Lüge tat ihnen gut.

Eine dieser Erinnerungen war es, die Jakob Alain veranlaßte, in seinem ersten Brief an Elisabeth Bosch den Satz ans Ende zu setzen: Es war schön.

Alains Anliegen bewirkte bei Elisabeth Bosch einige Verwirrung. Ein Bild, dachte sie, nein, nein, was soll ein Bild. Und doch blickte sie an diesem Tag öfter als sonst in den Spiegel. Sie versuchte, die Falten auf der Stirn glatt zu streichen, ließ es dann aber bleiben. Eine schöne Frau war sie nicht, nein, nein, warum ein Bild.

Sie legte den Brief zum anderen ins Wäschefach und gab Jakob Alain auch diesmal keine Antwort.

Mascha kam an einem Tag inmitten der Woche. Das war nicht üblich. Sie sah blaß aus und war von einer Unruhe getrieben, die sich auf die Mutter übertrug.

»Was hast du?« fragte Elisabeth Bosch.

»Was soll ich haben?«

»Aber ja.«

»Ich sag's doch, nein.«

Ich seh's, dachte Elisabeth, wie sie den Pullover überstreift, wie sie geht, wie sie den Kopf hält.

»Ein Freund?« fragte sie.

»Hör auf, Mama.«

Die Frau fürchtete einen Streit, schwieg und ging in die Küche.

Sie versteht's sowieso nicht, dachte Mascha.

– Ein verheirateter Mann mit zwei kleinen Kindern. Wie stellst du dir das vor?

– Es ist eben so.

– Und seine Frau, weiß sie's?

– Vielleicht. Vielleicht nicht. Wir treffen uns mal hier, mal da. Bloß nicht gesehen werden von jemandem, der ihn kennt.

– Und das kannst du so?

– Hör auf, Mama, hör endlich auf.

Mascha ging zur Mutter in die Küche.

»Ich hab den Kopf voll mit Seminaren und Testaten«, sagte sie. Und Elisabeth Bosch dachte, vielleicht ist es das.

Später tranken sie Kaffee. Im Radio sang eine Frau das Lied von einem Zigeuner, der fortzog, joi, die Zehen laufen mir davon, seinen Schritten nach.

Elisabeth dachte daran, daß ihr Leben anfangs recht durcheinander, später dann sehr gleichförmig dahingegangen war. Ihr fielen die kindlichen Gebete ein, die sie der Großmutter nachgeplappert hatte. »Abends, wenn ich schlafen geh, vierzehn Engel bei mir stehn.« Es gab sie nicht mehr, ebensowenig wie die heilige Barbara, die der Berg begrub, wie er Elisabeths Mann begraben hatte.

Die Frau verspürte das Verlangen, zum Teich zu gehen, und Mascha wunderte sich darüber. Die Mutter machte sonst keine Spaziergänge, schon gar nicht zur Grubensenke.

Noch während sie die Dorfstraße entlanggingen, fiel leichter Regen. Elisabeth wollte nicht umkehren. Mascha schmiegte sich an sie.

»Wenn ich mit dem Studium fertig bin, hol ich dich zu mir«, sagte sie. »Raus aus dem Dorf. Nur du und ich. Wir machen uns ein schönes Leben, reisen an die See, fliegen nach Bulgarien oder nach Taschkent.«

»O ja«, sagte die Frau, »Taschkent, das muß schön sein.«

Sie gingen bis zu der Stelle, wo Elisabeth mit Jakob Alain im Gras gesessen hatte. Dort standen sie eine Weile, sahen zum Wasser hinunter, und plötzlich sagte die Frau: »Es gibt auch schwarze Möwen, rote und blaue und welche so groß wie ein Bussard.«

»Was für ein Unsinn«, rief Mascha, »wer hat dir das erzählt?«

»Doch«, sagte Elisabeth Bosch, »doch, doch, es gibt sie.«

Der Winter begann launisch. Es schneite, taute, dann stürzten die Temperaturen in einer Nacht wie selten zuvor. Im Dorf brach das Stromnetz zusammen. Die Kinder freuten sich, weil die Schule geschlossen wurde, aber in den Ställen erfroren Kälber und Ferkel. Es mußte zusätzlich Stroh gestreut werden, und die Tiere durften nicht ohne

Aufsicht bleiben. Der Vorsitzende der Genossenschaft bat Elisabeth Bosch, mit auszuhelfen, und die Frau erklärte sich ohne Zögern dazu bereit. Mehrere Nächte brachte sie im Stall zu. In der sechsten Nacht starb ihr ein gerade geborenes Kälbchen. Das Muttertier war verstört und nahm das Junge nicht an. Die Frau rieb das Kleine mit Stroh trocken, wickelte es in Tücher und drückte seine kalten Lefzen an ihren Leib. Aber das Kalb war nicht zu retten. Es starb, und Elisabeth deckte es mit Stroh zu. Reimelt brachte heißen Tee mit Rum, setzte sich zu ihr und schlief auf der Stelle ein. Er kippte zur Seite, und sein Körper lehnte schwer gegen die Frau. Wie Maria und Josef, dachte sie und schlürfte den Tee. Eine Kuh brüllte, doch Elisabeth war zu müde, um aufzustehen.

»Ja, ja, ich weiß, dir geht's nicht gut«, sagte sie, »es geht uns allen nicht gut.«

Ihre Stimme schien das Tier zu beruhigen, jedenfalls war es nun still. Unentwegt hörte man vom Tagebau her Signale, als riefe jemand um Rettung. Hoffentlich passiert kein Unglück, dachte die Frau, dann schlief sie gleichfalls ein.

Noch vor Weihnachten wurde Elisabeth Bosch mit anderen Männern und Frauen aus den umliegenden Dörfern zum Vorsitzenden des Kreises geladen. Es gab Kaffee, Wein, Gebäck und eine Rede, die Elisabeth zu Herzen ging. Der Vorsitzende nannte zweimal ihren Namen, rief sie nach vorn, überreichte ihr eine Urkunde und Geld, und sie mußte sich schneuzen.

Da die Frau nun einmal in der Kreisstadt war, nach der Ehrung frohgestimmt, zudem ihr gutes Kleid trug, suchte sie einen Fotografen auf. Es könnte nicht schaden, eine Erinnerung an diesen Tag, meinte sie. Außerdem brauchten auch die Kinder ein Bild von der Mutter. In meinem Alter kann schnell etwas passieren, die Enkel wissen dann nicht, wie ich ausgesehen habe, dachte sie.

Elisabeth Bosch strengte sich an, freundlich auf den erhobenen Zeigefinger des Fotografen zu sehen. Die Scheinwerfer blendeten ihre Augen, der Nacken schmerzte. Während sie so steif dasaß, kam ihr Jakob Alain in den Sinn, und sie meinte, daß er einen dümmeren Wunsch nicht hätte haben können.

Als sie Tage später die Fotos holte, fand sie ihr Aussehen auf den Bildern abscheulich. Sie faßte den Entschluß, um einiges magerer zu werden, und ging hungrig zu Bett.

Die Geschenke hatte Elisabeth Bosch beisammen. Sie hatte einen Baum gekauft, eine Flugente geschlachtet und böhmischen Flaselkuchen gebakken. Es war Jahr für Jahr so gewesen, daß sie die Weihnachtstage mit den Kindern im Dorf verbrachte, und es schien ihr undenkbar, daß es einmal nicht mehr so sein sollte. Aber wenige Tage vor Heiligabend schrieb der Sohn, Pablo wäre krank und sie könnten nicht kommen. Es täte ihnen leid, doch die Mutter würde es sicher verstehen. Silvester wollten sie den Besuch nachholen.

Den ganzen Tag über war die Frau verstört. Ihr

fiel ein Teller aus der Hand, auf den Stufen vor der Kaufhalle rutschte sie weg und stürzte hin. Es gab einiges Aufsehen, doch Elisabeth Bosch tat alles, den Leuten zu zeigen, daß ihr weiter nichts geschehen war. Natürlich drängte sich ihr der Gedanke auf, Hans und Regina hätten sie ja einladen können, aber da war ja auch Mascha, und für so viele Leute war die Wohnung zu klein. Das kranke Kind mußte seine Ruhe haben, das leuchtete ein.

Die Frau steckte die Geschenke in einen Karton, legte Süßigkeiten hinzu und einige Fichtenzweige. Sohn und Schwiegertochter sollten sich wegen des Festes weiter keine Gedanken machen, schrieb sie, Mascha sei zu Haus, und der Bürgermeister habe sie eingeladen, auch Lautenbachs wollten sie zum Rommé-Spiel. Wenn nur Pablo rasch gesund würde, alles andere sei nicht so wichtig.

Sie brachte das Paket zur Post, und als die Angestellte erstaunt fragte, ob denn der Sohn nicht mit seiner Familie über Weihnachten ins Dorf käme, erwiderte Elisabeth Bosch schnell: »Aber natürlich, nur Heiligabend eben nicht. Irgendwo ist wieder was im Gange, und jemand bei der Zeitung muß da sein, der schnell darüber schreiben kann.«

»Der geht seinen Weg«, sagte die Angestellte.

Und Elisabeth Bosch entgegnete nicht ohne Stolz: »Manchmal ist es halt zu viel für den Jungen.«

Kurz darauf kam Mascha. Elisabeth hatte bereits ungeduldig auf sie gewartet.

»Ruh du dich aus«, sagte sie, räumte den Koffer der Tochter aus und steckte die schmutzige Wäsche in die Maschine.

Mascha schlief ein wenig, stand aber bald wieder auf. Sie fragte nach Hans, wann er mit Regina und dem Kind käme.

»Es wird einige Tage später«, gab die Frau zur Antwort, und als sie den Unwillen in Maschas Gesicht sah, fügte sie rasch hinzu: »Er muß den Chefredakteur vertreten, und Pablo ist nicht gesund. Wir beide allein, ist mal schön.«

Sie wußte nicht, daß die Tochter andere Pläne hatte. Ein bulgarischer Student hatte sie eingeladen, mit ihm nach Sofia zu fliegen, und Mascha hatte zugesagt. Sie war des Versteckspiels mit dem verheirateten Herboth überdrüssig. Hier zwei Stunden und dort einen Tag. Warten und dasein und Zeit haben, wenn er sie brauchte. Manchmal kam sie sich vor wie eine ausgehaltene Hure. Also Schluß, scher dich Weihnachten zu deiner Familie und zum Teufel.

Der Flug war o.k. gebucht. Heiligabend bei der Mutter – das mußte sein –, aber die Maschine flog am frühen Morgen des ersten Feiertags. Mascha hatte mit dem Bruder gerechnet, Pablo würde reichlich für Abwechslung sorgen. Nun blieben sie fort.

Sie redete der Mutter zu, in die Stadt zu fahren, aber Elisabeth fand diesen Grund und jenen, es nicht zu tun.

Am Morgen des vierundzwanzigsten Dezembers stand Mascha schon früh auf, holte Brötchen, kochte Kaffee und brachte der Mutter das Frühstück ans Bett. Elisabeth wehrte sich, derart verwöhnt zu werden, und war zugleich glücklich darüber. Sie wollte sich wenigstens das Haar kämmen und eine Bluse anziehen, doch die Tochter erlaubte es nicht.

Während der halben Stunde des gemeinsamen Frühstücks war Mascha fest entschlossen, auf den Flug nach Bulgarien zu verzichten, aber schon während des Geschirrwaschens wurde sie wieder wankelmütig. So schlimm ist es vielleicht für die Mutter nicht. Sie wird sich daran gewöhnen müssen, daß wir aus dem Haus gehen, dachte Mascha. Sie küßte Elisabeth, und wenig später sagte sie: »Eigentlich sollte ich nach Sofia fliegen, aber du allein hier, nein, nein.«

Die Frau blieb unbeweglich stehen, schloß die Augen.

Mascha setzte die Mutter auf einen Stuhl, kniete sich neben sie und legte den Kopf in ihren Schoß.

Die Frau sah den kahlen Baum vorm Fenster.

»Wie lange bleibst du?« fragte sie.

»Ich fahr ja nicht«, antwortete das Mädchen.

»So eine schöne Reise«, sagte Elisabeth, »die wird dir so schnell nicht wieder geboten.«

»Und du?«

»Ach ich, ich hab genug zu tun. Die Genossenschaft hat ein Treffen mit Kaffee und Schnaps. Jetzt, wo ich die Auszeichnung bekommen habe, kann ich nicht wegbleiben. Dem Bürgermeister wär's nicht recht.«

Eine Weile blieben sie so beieinander. Draußen schneite es. Abends aßen sie Karpfen und Kartoffelsalat. Immer war es zu Weihnachten so, ein Karpfen blau, ein zweiter gebraten, zum Nachtisch Mohnsemmeln. Auch für den toten Mann wurde ein Stuhl frei gehalten und ein Teller hingestellt. So hatte es die Großmutter getan, und so tat es Elisabeth.

Später zündeten sie die Kerzen an und gaben einander die Geschenke. Sie sangen »Stille Nacht« und »Es ist ein Ros entsprungen«.

Der Bus fuhr gegen zehn. Elisabeth half der Tochter beim Kofferpacken. Sie fühlte keinen Schmerz mehr, hatte nur den Wunsch, Mascha möge bald gehen. Sie stellte sich ans Fenster, und als Mascha ihr von der Straße her einen Handkuß zuwarf, gab sie den Gruß auf die gleiche Art zurück. Ihr fiel ein, daß sie nicht wußte, wie lange das Mädel wegbleiben würde, nicht einmal ihre Adresse in Sofia kannte sie. Die Frau wollte der Tochter nachlaufen, ließ es dann aber.

Alleingeblieben, zündete sie noch einmal die Kerzen am Baum an und wartete, bis eine nach der anderen auslöschte. Sie ging zu Bett, jedoch Schlaf fand sie nicht. So stand sie wieder auf, las Alains Briefe und holte die Fotos hervor, die sie jüngst hatte anfertigen lassen. So ganz und gar miserabel schienen sie Elisabeth nicht mehr. Warum soll ich dem Mann kein Bild schicken, wenn er sich eins wünscht, dachte sie, suchte unter den Fotografien die passendste heraus und schrieb auf die Rückseite: Zu Weihnachten von Elisabeth Bosch. Sie wollte nichts übereilt tun, fand es für angebracht, erst den nächsten Tag herankommen zu lassen. Wenn sie bis dahin nicht anderer Meinung würde, wollte sie es tun. Und sie tat es.

Jakob Alain war ein Tag wie der andere. Weihnachten und Ostern und Erster Mai, das kam und ging, die Welt blieb und wurde nicht besser für ihn. Der Bootsmann eines polnischen Frachters lud ihn Heiligabend in seine Kajüte ein. Sie tranken Whisky, eine Flasche und noch eine, der eine redete polnisch, der andere deutsch, aber es störte sie nicht weiter. Von Zeit zu Zeit fielen sie einander um den Hals, wie es einem solchen Tag zukommt. Christ ist geboren für Deutsche und Polen und Juden, für Trinker und Nichttrinker. Liebet und gebet, Alleluja, du großer Friede. Später stolperten sie auf die Kommandobrücke, drückten das Typhon, freuten sich, als von weither Antwort kam, und drückten den Knopf immer wieder. Nicht lange, und überm Hafen lag ein ohrenbetäubender Lärm. Jakob Alain konnte dem Verlangen nicht widerstehen zu schreien, aber niemand hörte ihn, das Schiffshorn übertönte alles.

Er ging ohne Abschied, setzte mit dem Fährboot zu den Landungsbrücken über, lief dem Stadtinnern zu, bestieg eine Straßenbahn, fuhr bis zur Endhaltestelle, fuhr wieder zurück, setzte sich in eine kleine Gaststätte, bestellte ein Bier und zu essen.

»Irgendwas«, sagte er, »was da ist.«

Die Wirtin brachte ihm ein Steak.

»Wohl allein?« fragte sie.

Der Mann aß, gab keine Antwort. Auf einem Baum in einer Ecke leuchteten elektrische Kerzen, im Radio sang ein Knabenchor, auf der Straße grölten zwei Betrunkene. Wie die Tiere, dachte Alain. Dann grübelte er der Frage nach, ob der Tod allem ein Ende macht oder ob es irgendwie weitergeht und was denn nun eigentlich besser sei, das Auslöschen oder das Fortdauern. Greta fiel ihm ein und der Markt in Amsterdam. Sie hatten dort gestanden, die Tauben gefüttert, und die Tiere setzten sich ihnen auf Arme und Schultern. Dann saß er mit Greta in einem Bistro, während die anderen die übliche Grachtenrundfahrt hinter sich brachten, Rembrandts »Nachtwache«, Madame Tussaud und van Gogh. Die Frau nahm seine Hand und sagte: »Daß ich noch so Schönes erleben kann.« Exakt den Satz, den sie am Fuße der Zitadelle in Dinant gesprochen hatte, und er erwiderte ebenso exakt: »Das ist erst der Anfang.« Ihr Leben war auf diese zwei Sprüche zusammengeschmolzen. Vielleicht würde das Wunder geschehen wider Logik und ärztliche Voraussagen, und natürlich geschah es nicht. Die Wahrheit, dachte Alain, mit der Wahrheit im Kopf läßt es sich nicht leben. Er schloß die Augen und lächelte, denn Elisabeth Bosch saß plötzlich neben ihm. »Komisch«, sagte sie. »Ja, komisch.«

Das Foto erhielt er eine Woche später. Alain kaufte ein silbernes Kettchen, legte einen Zettel in die Schmuckschachtel mit den Worten: Von Jakob

Alain aus Hamburg – und schickte alles an Elisabeth Bosch. Die Stadt schien ihm freundlicher, der Hafen, die Schiffe. Er fühlte sich gesund wie lange nicht. Die Briefe wechselten jetzt häufiger.

Das Denken der Frau war bisher ausschließlich auf ihre Kinder gerichtet gewesen, sie brauchte nicht zu teilen. Nun plötzlich war der Mann da, verlangte ein Foto und schickte silbernen Schmuck. Elisabeth probierte vor dem Spiegel Kleider und Blusen an, um herauszufinden, was am geeignetsten wäre, das Kettchen zur Geltung zu bringen. Sie mußte öfter an Jakob Alain denken, als ihr lieb war: Wie er lebte, wo er wohnte, was er tat, wenn er nicht im Hafen arbeitete. In ihr erwachte Neugier nach einer Welt, die sie nicht kannte. Nicht daß sie ihr Leben hätte eintauschen wollen, auch nicht das Dorf. Hier war ihr alles vertraut: die Genossenschaft, der Bürgermeister, die Postfrau, der Konsum, der Friedhof. Jeder lebt, wo er lebt, und es ist gut so. Und doch wurden ihre Stimmungen zunehmend unstet. Sie erklärte es mit dem kritischen Alter, anderen Frauen erging es ebenso, aber insgeheim wußte sie es besser. Verlangen und Scheu und Angst vor etwas Ungewissem lösten einander ab oder steckten gleichzeitig in ihr. Einmal, sie konnte nicht einschlafen, stand sie auf, ging in die Küche und trank von dem selbst angesetzten Wein so viel, daß ihr übel wurde. Sie warf sich aufs Bett und weinte sich in den Schlaf.

Am darauffolgenden Tag brachte Mascha einen Koffer schmutziger Wäsche. Sie kann ihr Zeug auch mal allein waschen, dachte die Frau. Es geschah zum ersten Mal, daß Maschas Anwesenheit sie nervös machte, das Schlagen der Tür, der Kassettenrecorder, den die Tochter schon beim Frühstück anstellte. Und da Elisabeth nun einmal gereizt war, nahm sie dem Mädel noch nachträglich übel, daß es zu Weihnachten mit einem wildfremden Menschen nach Bulgarien geflogen war, statt, wie es sich gehört hätte, bei der Mutter zu bleiben. Sie brachten unleidliche Stunden miteinander zu. Mascha ging denn auch bald wieder. Elisabeth hielt die Tochter nicht zurück, wie sie es ohne Zweifel früher getan hätte. Aber sie litt unter der Mißstimmung.

Wenig später kaufte sich die Frau im Exquisit-Laden ein Paar meergrüner Schuhe, ohne einen weiteren Grund zu haben, als daß sie ihr gefielen.

Reimelt saß hinterm Schreibtisch, telefonierte, schrieb und schimpfte vor sich hin über die zunehmende Bautätigkeit in der nahegelegenen Datschensiedlung, das Anziehen der Schwarzlöhne dort, das Verschachern von Material aus dem Kombinat. Elisabeth Bosch wußte, daß er während solcher Gespräche mit sich selbst nicht gestört sein durfte, er ließ sonst leicht seine Wut an den Verkehrten aus. Um zehn brühte sie Kaffee, stellte Tasse und Kännchen neben den Bürgermeister und setzte sich abseits an einen Tisch. Eine halbe Stunde gemeinsames Ausruhen, sie hatten sich daran gewöhnt. Noch war Winter, und es schneite.

»Diesmal sind wir vorbereitet«, sagte Reimelt, »was vor Weihnachten passiert ist, passiert uns nicht wieder.«

»Denen drüben hat der viele Schnee auch ganz schön mitgespielt«, entgegnete die Frau.

Sie mußte daran denken, daß Jakob Alain jetzt sicherlich im Hafen umherstapfte, vielleicht nasse Kleider trug und fror. Reimelt hingegen dachte, daß es nicht sein Bier sei, was die drüben machten. Ein Anruf kam, und er vergaß das kurze Gespräch. Er wollte gerade von seinem Stuhl aufstehen und in die Genossenschaft gehen, da fragte Elisabeth Bosch: »Warst du schon einmal in Hamburg?« Reimelt fand es eine eigenartige Frage. »Konfus«, ihm fiel kein anderes Wort dafür ein. Nein, er war nicht in Hamburg gewesen. Warum auch? Es war dort nicht sonderlich anders als in Rostock. Viel Wasser, und Wasser liebte er nicht. Es zwang ihn zu der Vorstellung, der Tagebau könnte während der Schneeschmelze vollaufen. Hamburg interessierte ihn weniger als Moskau. Dorthin hatte er eine Prämienreise erhalten.

»Ich war nicht in Hamburg und will auch nicht hin«, sagte er. »Wie kommst du überhaupt darauf?«

»Es fiel mir nur so ein.«

Elisabeth versuchte zu lachen, um zu zeigen, daß Hamburg ihr nichts weiter bedeute.

»Du hast da drüben nichts verloren«, sagte der Mann.

Er zog seine Jacke an und verließ das Zimmer. Die Sache war für ihn abgetan.

Er hat schon recht, dachte sie, warum lasse ich mich erst auf so was ein.

Für gewöhnlich schaltete Jakob Alain die Nachrichten im Fernsehen nicht ein, überschlug auch den politischen Teil in den Zeitungen. Es war nicht für ihn gesprochen und geschrieben, meinte er, und wenn, dann um ihn hinters Licht zu führen. Als vor Jahren in Hamburg die Blätter voll waren mit Meldungen über den Bau einer Mauer quer durch Berlin, im Hafen heftig gestritten wurde über Recht und Unrecht eines so endgültigen Zerreißens von Familien, Traditionen, ja selbst einzelner Straßen und Häuser, schaffte Alain Ziegel, Zement, Kies und Bauholz auf sein kleines Anwesen an der Elbe, ungeachtet des Tumults in Deutschland und in der Welt. Zu seiner Frau sagte er: »Wer laut schreit, wird bald heiser.« Und später, als Greta tot war, wollte er mit ein bißchen Sonne über der Elbe sein Leben zu Ende gehen lassen. Das schien ihm gescheit, bis vor nicht langer Zeit jedenfalls. Nun aber fing er an, sich für das Treiben – so nannte er es – zu interessieren. Krieg und Krieg und Krieg. Gut sah es um die Welt nicht aus. Meldungen jagten einander und nutzten sich ab. Die Grubenarbeiter streikten, und er zahlte Geld in die Solidaritätskasse nach dem Satz: »Der kleine Mann hilft dem kleinen Mann, von den Großen ist nichts zu erwarten.« Es gab einige Aufregung wegen der steigenden Benzinpreise, das Elbwasser wurde immer giftiger, und die Experten stritten, ob der Osten den Westen mit Atomsprengköpfen bedrohte oder der Westen den Osten. Alain fand sich in all dem nicht mehr zurecht. Ihm kamen eine Menge Sprüche in den Sinn: Heute, heute, nur nicht morgen. Jeder ist seines Glückes Schmied. Was du heute kannst besorgen. Jedenfalls reiste er kurz entschlossen nach Berlin, obwohl er ursprünglich nicht wieder so bald hatte hinfahren wollen. Sein Bruder feierte den fünfundfünfzigsten Geburtstag, ein angemessener Grund, Urlaub zu nehmen.

Auch Elisabeth Bosch fuhr nach Berlin. Im Dorf löste es einige Verwunderung aus, denn sie war nie allein verreist, schon der Straßenlärm in der Bezirksstadt war ihr zu anstrengend. Aber Elisabeth sagte, sie brauche neue Gardinen und einen Mantel, in Berlin fände sich eher etwas als im Dorfkonsum oder in Leipzig. Das leuchtete ein.

»Meine drei Weiber«, hatte Hans früher öfter gesagt. Es war als Scherz gedacht, und als solchen hatte man den Ausruf genommen. Nun sagte er es kaum noch. Seit er Mitglied des Redaktionskollegiums war, hetzte ihn ein Vielerlei an Arbeit, die gleichzeitig nicht frei war von Wiederholung, Routine und Monotonie. Er schlief wenig und schlecht und war gereizt.

»Meine drei Weiber.«

In der Kantine setzte sich der Wirtschaftsredakteur zu ihm, und zwischen Schnitzel und Birnenkompott sagte er mit einem leichten Grinsen: »Deine Schwester und Roland Herboth, im Chemiekombinat tuschelt man von einer Liaison.« Hans konnte sich nicht erklären, warum ihn gerade das Wort ›Liaison‹ derart aufbrachte. Vielleicht war es gar nicht das Wort, sondern das Grinsen des Mannes. Der Wirtschaftsredakteur war auf eine grobe Erwiderung gefaßt, aber Hans grüßte zum Nachbartisch, ging dann, als hätte er den Satz nicht gehört. Mich kümmert das alles nicht mehr, dachte er. Ich bin nicht der Hüter meiner Schwester, die Nabelschnur ist durchgerissen. Aber schließlich fuhr er doch ins Internat, nicht so sehr Maschas als der Mutter wegen, denn die würde es am meisten treffen. Mascha, ihr Putzgerle, und dann so was.

Überhaupt schien Hans die Mutter merkwürdig verändert in letzter Zeit. Sie kam kaum noch zu Besuch. Etwas unglücklich, daß Mascha zu Weihnachten mit ihm und er mit Mascha gerechnet hatte. Aber was hätte er auch tun sollen. Pablo hatte zwei Nächte hindurch geschrien, das Fieber wollte nicht sinken. Kein Schlaf, und die Arbeit in der Redaktion mußte weitergehen. Natürlich hatte er daran gedacht, die Mutter über die Feiertage in die Stadt zu holen, doch die Wohnung war klein und Regina nicht minder angespannt als er. Es hätte sicherlich wieder Streit gegeben wegen irgendwelcher Nichtigkeiten. An den Jungen durfte niemand heran. Regina hatte ihre eigene Vorstellung von Ehe und Familie und Erziehung. Zwölf Jahre Kinderheim. Der Vater irgendwo. Sie kannte ihn nicht einmal. Und die Mutter eines Tages fort, mit einem Kerl nach Köln. Sie hatte die Nachbarin gebeten, das Kind für eine Nacht zu sich zu nehmen. Und dann auf Nimmerwiedersehen weg. Heißa, die große Welt. Jetzt sollte Pablo alles doppelt zukommen, was Regina hatte entbehren müssen. Er, Hans, verstand die Frau ja und ihre Sehnsucht nach einer Heiligen Familie. Aber das Leben ließ sich nicht in ihre Bilderrahmen stecken, mal sperrte dies, mal das.

»Meine drei Weiber.«

Er fuhr gleich nach Dienstschluß. Mascha freute sich über den Besuch des Bruders. Sie gingen in eine kleine Eckkneipe, tranken Bier und aßen Bockwurst. »Mein Alter«, sagte Mascha, und Hans dachte, du hast dich ganz schön gemausert, aber Herboth vernascht dich, ein halbes Jahr oder eins, dann hat er von dir genug. Ich kenne solche Pappenheimer. Er wußte nicht, wie beginnen, doch Mascha kam ihm entgegen.

»Mutter ist komisch in letzter Zeit.«

»Wie komisch?«

»Eben komisch.«

»Wann warst du das letzte Mal zu Haus?«

»Ich fahre nicht mehr so oft.«

»Und warum?«

»Ich fahre eben nicht mehr so oft.«

Spätestens jetzt merkte Hans, daß er seine Vergangenheit ebensowenig abwerfen konnte wie Regina die ihre. Immer war er »der Große« gewesen und Mascha »die Kleine«. Überallhin war sie ihm nachgetappst, in den Keller, auf den Fußballplatz, ins Kino. Er mußte sie aus dem Kindergarten abholen. Er mußte ihr bei den Schulaufgaben helfen. Gab es Streit, mußte er der *Vernünftige* sein.

Manchmal, wenn es die Mutter nicht sah, hatte er Mascha verprügelt, einfach so, und dann wieder hatte er sie auf seine Schultern gesetzt und auf die Fahrradstange. »Jetzt, wo Vater nicht mehr ist, bist du der Mann in der Familie.« Hundertmal und mehr hatte er diesen Satz von der Mutter anhören müssen. Ein abscheulicher Satz, er hatte ihn um seine Kindheit betrogen. Noch immer hörte er ihn manchmal in seinen Träumen: »Jetzt, wo Vater nicht mehr ist ...«

Einmal muß Schluß sein damit, dachte er, und obwohl er alles in Ruhe hatte bereden wollen – ich bin nicht der Hüter meiner Schwester –, rief er unbeherrscht: »Mit wem treibst du es eigentlich, mit dem Bulgaren, mit Herboth oder mit beiden?« Nun war es heraus, und er wollte nichts von der Grobheit zurücknehmen, zumal er glaubte, einen Zusammenhang sehen zu können zwischen dem Treiben der Schwester und dem sonderbaren Benehmen der Mutter. Meergrüne Schuhe und in Berlin Gardinen kaufen. Nichts Außergewöhnliches, aber für die Mutter schon, die jede Mark dreimal umdrehte, bevor sie ihr Geld ausgab.

Mascha schwieg, und das brachte Hans noch mehr auf.

»Der Mann hat sich ein Haus gebaut, steckt in der Bezirksinspektion und in zehn anderen Kommissionen. Kein Ministerbesuch im Kombinat ohne Besichtigung seines Betriebes. Du glaubst doch nicht im Ernst ...«

Und da sah ihn Mascha an, ihr rechtes Auge schielte ein wenig, und sie lächelte und sagte:

»Meister Anton«, und das saß. Sie wußte, daß den Bruder nichts mehr treffen konnte als die Anspielung auf kleinbürgerliche Zurückgebliebenheit. Hebbels »Maria Magdalena«, das »gefallene« Mädchen, und der »ehrenwerte« Meister Anton. Viel aus der Schulzeit war Mascha nicht in Erinnerung geblieben, aber das ja. Vielleicht tat sie Hans unrecht. Aber sie wollte jetzt nicht gerecht sein und ausgewogen: »Sieh die Sache mal objektiv. Du glaubst doch nicht im Ernst ...« Sie hatte sich nun mal entschieden, und sie glaubte, mein Gott, ja, sie glaubte.

Es gab nichts mehr zu reden zwischen Hans und Mascha. Jeder trank sein Bier. Als Hans nach Haus fuhr, fiel ihm wieder der vermaledeite Satz ein: Jetzt, wo Vater nicht mehr ist ... Und er dachte, daß er das alles hinter sich lassen würde. Korrespondent in Schweden, vielleicht auch woanders. Es war ihm gleich. Nur raus, dachte er, nur endlich raus.

Reimelt nahm Elisabeths Reiselust als eine Flause. Er gab ihr alle Empfehlungen mit auf den Weg, die er parat hatte: Republikspalast, Wachaufzug, die Kuppel des Fernsehturms. Elisabeth lächelte über seinen Eifer und versprach, daran zu denken.

Den Abend vor der Reise ging sie früh zu Bett, schlief aber kaum und stand schließlich schon nachts auf. Sie trank Kaffee, machte das und dies, und plötzlich war die Zeit knapp. Sie fürchtete, den Zug zu verpassen, lief eine Wegstrecke, kam ins Schwitzen, mußte stehenbleiben und verschnaufen. Was bist du bloß verrückt, dachte sie. Es war kalt, und der Mond stand hell und scharf am Himmel.

Elisabeth Bosch war für elf mit Jakob Alain im Operncafé verabredet. Diesen Treffpunkt hatte die Frau ausgesucht. Sie kannte das Haus von einer Busfahrt her, die von der Genossenschaft organisiert worden war. Alain wäre auch ins Dorf gekommen, aber das war ihr nicht recht gewesen. Die Kinder und die Leute und das Gerede, dann schon Berlin. Es mußte nicht jedem vorgewiesen werden, was da mit ihr geschehen war. Und eigentlich war ja gar nichts geschehen. Der Hamburger hatte geschrieben, und sie hatte ihm geantwortet. Er hatte ihr ein Kettchen geschenkt und dann eine Jacke aus Islandwolle. Sie hätte auch ohne Geschenke auskommen können, aber es war schön, irgendwo jemanden zu wissen, der an sie dachte, ihr schrieb und silbernen Schmuck schickte. Es würde bald genug wieder alles zu Ende sein. Er dort, sie hier, das verläuft sich. Über die Art, wie er in seinen Briefen die Worte wählte, mußte sie lachen.

– Eine erneute Begegnung würde mich sehr glücklich machen.

– Ich wünsche, daß es dir immer wohl ergeht.

Er war schon ein Unikum. Es gibt auch schwarze Möwen, rote und blaue und welche so groß wie ein Bussard. Und dann hebt er die Hand, als wollte er zeigen, wie groß das Meer ist, und dabei entdeckt sie, daß ihm zwei Finger fehlen, von einer herabstürzenden Kiste abgequetscht, wie er ihr später erklärte.

Die Frau ließ noch eine Stunde vergehen. Sie wollte nicht vor der vereinbarten Zeit im Operncafé sein, schon gar nicht vor dem Mann. Er hätte denken können, sie sei sonst eine, die es nicht erwarten kann. Sie lief die Straße ein Stück hinauf, wieder zurück und das Ganze noch einmal. Dann war es soweit.

Jakob Alain hatte schon zum zweiten Mal den gleichen Traum gehabt: Eine Wolke fällt auf ihn, und er kann nicht mehr atmen. Immer dann wurde ihm das Zeichen gegeben, wenn er ohne Nachricht aus dem Dorf blieb.

Nun saß er im Operncafé und rieb die feuchten Hände an den Hosenbeinen trocken. Alain hatte einen einzeln stehenden Tisch in einer Fensternische gewählt. Den Bruder hatte er angelogen wie Elisabeth Bosch den Bürgermeister.

»Was zieht dich nach drüben?«

»Eigentlich nichts. Nur mal so. Amerikaner und Franzosen fahren, warum nicht ich.«

Alains Bruder besaß einen Handel mit Autoreifen, trieb auch noch andere Geschäfte. Gleich nach Gretas Tod hatte er Jakob angeboten, sich mit ihm zusammenzutun. Das Grundstück an der Elbe brächte eine Menge Geld, er wüßte es so anzulegen, daß es sich in kurzer Zeit verdreifachte. Aber Jakob meinte: »Einen alten Baum verpflanzt man nicht.« Und der Bruder drängte nicht weiter.

Jakob Alain war schon früh aus dem Haus gegangen, weil er pünktlich sein wollte und weil er fürchtete, bei der Grenzkontrolle aufgehalten zu werden. Er hatte sich Erklärungen für den Übergang zurechtgelegt: der Neuaufbau der Stadt, das sowjetische Ehrenmal, das Pergamonmuseum. Aber an der Grenze interessierte man sich nur für die Stempel seiner Aufenthaltsgenehmigung. Und als er den Posten fragte, ob er wüßte, wo das Operncafé sei, erwiderte der: »Na bei der Oper.« Es war schon eine dumme Frage. Jedoch er fand den Weg schnell.

Elisabeth Bosch kam um halb zwölf. Das Café erschien ihr größer und weniger vornehm, als sie es in Erinnerung hatte. Es war ihr auch so recht für eine Begegnung mit Jakob Alain.

Der Mann bemerkte die Frau, bevor sie ihn entdeckte. Er sprang auf und lief ihr entgegen.

»Ich hatte Angst, du kommst nicht«, sagte er.

Sie sah zu ihm hoch und dachte, ich habe gar nicht mehr gewußt, daß er so groß ist. Für einen Augenblick verspürte sie das Verlangen, sich an ihn zu lehnen.

Der Ober kam, und Elisabeth sagte: »Wir stehen den Leuten im Weg.«

Sie war froh, etwas sagen zu können. Der Mann half ihr aus dem Mantel und brachte sie zum Tisch.

»Ich hatte wirklich Angst«, wiederholte er.

Die Frau freute sich, daß er Angst gehabt hatte. Es machte ihr Spaß, wie Jakob die Hand nach dem Ober ausstreckte und dabei die Beine hin- und herschob und, weil der Ober überhaupt nicht kommen wollte, schließlich selbst zum Büfett lief. Eigentlich wollte sie nichts weiter, nur ruhig dasitzen, denn sie fühlte sich plötzlich sehr müde. Der Ober brachte einen Aperitif. Elisabeth Bosch blätterte in der Karte, konnte aber die kleine Schrift nicht lesen. Ihre Brille steckte im Mantel, und der hing draußen in der Garderobe.

»Was Leichtes«, sagte sie und entschied sich für Ragout fin. Es paßte zu Operncafé und Aperitif und Berlin und Jakob Alain.

»Hast du eine gute Fahrt gehabt?« fragte sie und wollte, er möchte endlich merken, daß sie nicht mehr so dick war wie bei der ersten Begegnung und daß sie sein Kettchen trug und das Haar anders gesteckt hatte. Aber er merkte nichts, und sie schwiegen, und Jakob Alain trank seinen Aperitif in einem Zug, wie man ein Bier hintergießt.

»Ja«, sagte er, »es ist alles gut gegangen.«

Er hatte einen Schlips umgebunden, fing an zu schwitzen und steckte den Finger zwischen Hals und Hemdkragen. Der Ober brachte das Ragout fin.

»Bei mir ist auch alles gut gegangen«, sagte Elisabeth.

Sie wußte sich das plötzliche Fremdsein zwischen ihnen nicht zu erklären. Wie soll es bloß werden mit uns den ganzen Tag, dachte sie. Ihr fielen die Flugenten ein, und sie fürchtete, die Nachbarin könnte vergessen, die Tiere zu füttern oder sie am Abend in den Stall zu sperren.

Alain verlangte ein weiteres Glas Aperitif, obwohl ihm das süße Zeug nicht schmeckte. Der Ober sah ihn für einen Augenblick prüfend an.

»Wann mußt du wieder nach drüben?« fragte sie.

»Es eilt nicht.«

»Noch heute?«

»Ja, aber es eilt nicht.«

Elisabeth mußte plötzlich laut lachen, und es war ihr peinlich, denn sie meinte, alle würden zu ihnen herübersehen.

Alain wußte, daß jetzt etwas geschehen mußte, sollte ihm die Frau, kaum angekommen, nicht gleich wieder fortlaufen und sollte nicht alles eine vergebliche Hoffnung gewesen sein, ein kindisches Vorhaben. Im Dorf war es leichter gewesen, auch die Briefe schrieben sich leicht. Er hatte sie eingeladen, und sie war gekommen, noch deutlicher konnte sie es ihm nicht zu verstehen geben. Also mach was, herausgeputzt wie ein Kavalier, und sitz nicht da wie ein Trottel.

»Geh nicht weg«, sagte er.

Sein Hals war trocken, und seine Hände wußten nicht, wohin.

Und da war plötzlich wieder alles so wie an jenem Abend, als sie zu dem stillgelegten Tagebau gingen.

– Das Meer muß sehr schön sein.

– Ich heiße Jakob Alain.

– Und ich Elisabeth Bosch.

Die Frau holte mit dem Finger die Kirsche aus dem Glas und steckte sie in den Mund. Dann wollte sie eine Zigarette, und Alain war überrascht. Er wußte nicht, daß sie rauchte.

»Charmeur.«

Das Wort war mit einem Male da, verloren nahezu ein Leben hindurch, nun ging es ihr von der Zunge, als gebrauchte sie es Tag für Tag. Lehrstunden bei der Großmutter, die als Waschfrau ihre Erfahrungen besaß mit Herren und Gaunern: »Kommt so ein Charmeur, lauf weg. Macht er schöne Worte, stopf dir die Ohren zu. Hängt er dir mit einer Hand eine goldene Kette um den Hals, paß auf, was er mit der zweiten macht. Hast du erst einen dicken Bauch, ist der Kavalier halihalo.«

Es lebte sich gut mit der Alten, der Waschfrau, der Kräutermilli, der Kartenlegerin, die auch noch das Zweite Gesicht hatte. Die Mutter war fort, geschieden und mit einem Mann verheiratet, der ein mitgebrachtes Kind nicht wollte. Vielleicht war sie während des Krieges irgendwo umgekommen.

»Tausend Meere, tausend Kneipen«, sagte Elisabeth.

»Da läuft schon manchmal was«, sagte er.

Sie wurde nun doch unsicher, sie wußte ja nichts von ihm. Das Leben der Seeleute, man hörte sonstwas darüber.

Der Mann machte keinerlei Anstalten, Elisabeth zu korrigieren. Einmal würde er ja doch mit ihr nach Madras fahren, sie würden einen Katamaran mieten, ein rostrotes Segel hissen und sich vom Wind zu Korallenriffen treiben lassen, o ja, so aus aller Welt war sein Traum nicht.

»Du bist schon einer«, sagte die Frau.

Als sie auf den Platz vor dem Operncafé traten, schien warm die Sonne. Sie wußten nicht, wohin.

Elisabeth meinte, Alain möge entscheiden, und er wollte tun, was sie wünschte. Schließlich spazierten beide Unter den Linden entlang. Die Frau sah die Posten beim Ehrenmal, steifbeinig, Gewehr in Paradehaltung, und sie erinnerte sich an den Rat des Bürgermeisters, auf keinen Fall den Wachaufzug auszulassen. Aber sie hätten eine Weile warten müssen, und sie wollte jetzt nichts anderes tun, als neben Jakob Alain einhergehen, an nichts denken, nicht an die Kinder, nicht an das Dorf, nicht an gestern, nicht an morgen. Wenn sie vor einer langen, langen Zeit mit der Großmutter über die Wiesen gegangen war, hatte sie die Hand der Alten gefaßt, die Augen geschlossen, sich so selbst fortzaubernd aus aller Begrenztheit. Ihr schien dann immer, als wäre ihr Körper ohne Schwere. Ihr war die Kunst gegeben zu schweben wie der Großmutter das Wunder des Zweiten Gesichts; die nämlich konnte vorhersagen, wer als nächster sterben würde in dem kleinen Ort inmitten der leicht abfallenden und wieder ansteigenden Hügel.

Elisabeth Bosch hätte das Spiel gern wiederholt hier unter den Linden, aber es war ihr doch genierlich, und sie ließ es bleiben.

Sie setzten sich auf einen Brunnenrand und hielten das Gesicht der Sonne zu. Alain mußte an Amsterdam denken, die Tauben dort, die sich auf Schultern und Arme niederließen.

– Daß ich so Schönes noch erleben kann.

– Das ist erst der Anfang.

»Siehst du das Flugzeug?« fragte Elisabeth.

»Nein.«

»Dort hinter der Wolke.«

»Hinter der Wolke sieht man kein Flugzeug.«

»Aber ich.«

»Wenn du nach Hamburg kommst, machen wir eine Butterfahrt nach Dänemark«, sagte der Mann.

»Wir können auch ins Böhmische fliegen.«

»Meinetwegen eine Butterfahrt ins Böhmische.«

Sie mußten lachen. Jakob Alain nahm ihre Hand, und die Frau fand es gut so.

Am frühen Abend brachte sie den Mann zum Grenzbahnhof. Elisabeth wünschte, er sollte doch endlich bemerken, daß sie nicht mehr so dick war, das Haar anders gesteckt hatte und sein Kettchen trug. Aber Jakob Alain sah es auch jetzt nicht. Sie winkten einander zu, und die Frau dachte, es ist schon ganz gut so.

Daß Elisabeth Bosch mit einem Male rauchte, überraschte im Dorf schon. Hat die Fünfzig hinter sich, und dann so was. Der Mann unterm Berg, und sie kauft sich meergrüne Schuhe, schminkt die Lippen, legt ein fliederfarbenes Tuch um und stolziert durchs Dorf wie ein auferwecktes Dornröschen. Anfangs schämte sich die Frau der ihr ungewohnten Lust, sich anzuputzen, als wäre sie sonstwer. Aber dann dachte sie, wen geht es was an. Warum soll ich nicht grüne Schuhe tragen, wenn ich die Enten füttere, und ein buntes Tuch, wenn ich den Fußboden wische. Vielleicht bin ich verrückt, dann bin ich eben verrückt.

Die vielen Briefe und Päckchen blieben auch nicht unbemerkt. »Jede Woche kommt was, manchmal sogar zweimal«, sagte Erna Lautenbach zu ihrem Mann. »Dir schreibt er überhaupt nicht mehr.« Der Mann war Feldbaubrigadier und hatte andere Sorgen, als Briefe zu zählen.

»Schnüffle nicht in anderer Leute Geschäften herum«, erwiderte er.

Die Frau fühlte sich zu Unrecht gescholten. Niemand durfte sie der Schnüffelei bezichtigen, schon gar nicht der eigene Mann. Sie nahm die Zustellungen entgegen und trug sie aus. Mehr nicht. Aber es verwundert, wenn jemand, der nie Post erhielt, plötzlich der häufigste Kunde ist. Und Jakob Alains Schrift war ihr bekannt. Lange genug hatte er Briefe an ihren Mann geschrieben. Außerdem war der Name des Absenders auf dem Päckchen deutlich zu lesen. Man brauchte nicht zu spionieren. Sie redete nicht weiter darüber, zweifelte aber nicht, daß hinter der Schreiberei mehr steckte, als ihr Mann wahrhaben wollte.

Dem Bürgermeister paßte die Briefmarkenpartnerschaft seines Feldbaubrigadiers mit dem Hamburger von Anfang an nicht. Es gab ja auch Philatelisten in Bratislava, Havanna und dem Partnerdorf in der Ukraine, es mußte nicht ausgerechnet jemand aus Hamburg sein. Man möge den Teufel nicht in jeder Flasche sehen, hielt Lautenbach entgegen. Er hatte sich an Jakob Alain gewöhnt, außerdem war er ein sturer Kopf, der sich nicht vorschreiben lassen wollte, mit wem er Briefmarken tauschte.

Am vertrautesten wurde Elisabeth Bosch in diesen Wochen Regina. Die Schwiegertochter nutzte das ihr zustehende Babyjahr, um mit dem Kind für einige Zeit ins Dorf zu kommen. Sie fuhren den Kleinen gemeinsam aus, spielten mit ihm und freuten sich über sein Kauderwelsch.

Einmal stellte sich Elisabeth vor den Spiegel, zog Grimassen und rief aus: »Eine richtig alte Hexe.«

»Reimelt macht dir schöne Augen«, erwiderte Regina, und Elisabeth Bosch wurde rot.

»Was du nur redest.«

Regina setzte die Frau kurzerhand auf einen Stuhl und fing an, ihr die Augenbrauen zu zupfen und die Lider zu färben. Elisabeth fand es eine rechte Alberei, aber Spaß machte es ihr. Und doch, bei aller Freude über den Besuch, empfand sie eine zunehmende Unruhe. Hans ließ während der ganzen Zeit nichts von sich hören, fragte sie nach ihm, gab Regina ausweichend Antwort. Manche Nacht lag Elisabeth lange wach, weil sie der Gedanke quälte, die *Kinder* könnten unglücklich miteinander leben. So viele Ehen gingen kaputt heutzutage. Sie haben studiert, dachte die Frau, was kann ich ihnen schon raten.

Eines frühen Abends holte sie einen Packen Zeitungen aus dem Schrank.

»Das alles hat Hans geschrieben«, sagte sie. »Ich hab's aufgehoben.«

Die Blätter waren mit einem seidenen Band zusammengeschnürt. Elisabeth hielt die Zeitungen wie etwas, das nicht Schaden nehmen darf.

»Ich hab schon Kinder«, sagte sie.

Regina blätterte in den Ausgaben. Immer wieder hob sich eine Zeile heraus, große, dickgedruckte Buchstaben: *Ohne Umschweife*. Die Interview-Serie ihres Mannes hatte für Aufsehen gesorgt, nicht nur im Bezirk. Er war im zweiten Jahr bei der Zeitung. Ein neuer Ton, hieß es, frech. Manche prophezeiten, er würde sich bald das Genick brechen. Aber er brach es sich nicht, wurde Abteilungsleiter, Mitglied des Redaktionskollegiums, sollte sogar nach Berlin, doch der Chefredakteur verstand ihn zu halten. *Ohne Umschweife*. Eine glückliche Zeit. Regina lächelte, weil sie daran erinnert wurde, wie verrückt sie beide gewesen waren, der erfolgreiche junge Journalist, der Senkrechtstarter, wie Hans von einigen genannt wurde, und sie, die Pädagogikstudentin. Angefangen hatte es während eines Studentenballs. Hans hatte kurz zuvor den Rektor der Hochschule interviewt, dabei von gespaltenen Persönlichkeiten gesprochen, die bei der herrschenden Zensurenhascherei herangezogen würden. Dafür war er heftig angegriffen worden, mußte zur Zentrale, aber er durfte weitermachen, und sie, Regina, hatte ihn für seine Unerschrokkenheit bewundert. Sie hatten sich im Park geliebt, im Internat, in seiner kleinen Wohnung. Sie war durch zwei Prüfungen geflogen, weil ihr das Studium nichts mehr bedeutete, und vor der Wiederholungsprüfung hatte Hans mit ihr gebüffelt, und als sie es geschafft hatte, waren sie ein Wochenende lang nicht aus dem Bett gekommen. Ein Taumel, ein Rausch.

»Ja«, sagte sie, »ja, ja«, und schob die Zeitungen von sich.

»Es ist was zwischen euch.«

Er schreibt kaum noch etwas, dachte Regina.

»Du mußt es mir sagen, wenn etwas ist.«

»Was soll denn sein?«

»Ich weiß es nicht.«

Ich weiß es ja selbst nicht, dachte Regina.

Vielleicht hat er recht, und ich bin anders geworden nach dem Kind. Ihn frißt die Arbeit, Redaktion, Stadtverordneter, Parteileitung – die größeren Zusammenhänge. Sie erklären alles, auch jedes Versagen.

»Mir fällt zu Haus die Decke auf den Kopf«, sagte Regina. »Ich muß wieder in die Schule.«

Elisabeth Bosch nahm die Zeitungen, schnürte sie sorgfältig zusammen und trug sie zurück zum Schrank. Ihr muß doch auffallen, daß das Bündel nicht dicker wird, dachte Regina. Dein Sohn ist ausgebrannt. Lies doch, was er hier und da noch mal schreibt. Früher hat er mit mir über seine Manuskripte gesprochen, heute versteckt er sie vor mir. Wir reden und zerreden, beteuern uns unsere Liebe und beschimpfen einander. Ich nörgele, so nennt er es, begreife nichts von einer größeren Verantwortung. Die Welt hat sich verändert. Mag doch sein, Mutter, mag doch sein. Wir verändern uns alle. Er spürt selbst, was mit ihm passiert. Deswegen will er ja weg, gleich wohin, nur weg.

»Wir gehen eine Zeitlang nach Schweden oder England. Wir freuen uns beide darauf«, sagte sie.

Und Elisabeth dachte, fremde Länder, das wollte er schon immer. Ich hätte ihn nicht zurückhalten dürfen, als er zum Studium nach Moskau sollte. Sie machte sich im nachhinein Vorwürfe, zu schwach gewesen zu sein, ihn fortzulassen. Moskau war ihr wie ein anderer Planet erschienen. Sie hatte immerzu weinen müssen bei der Vorstellung, Hans wäre so viele Jahre fort und so weit. Nur ihretwegen hatte er die Delegierung ausgeschlagen. Nun ist er unglücklich, dachte sie, und ich bin schuld.

»Es wird euch guttun. Den Jungen kann ich nehmen für den Anfang. Ihr müßt euch dort eingewöhnen.«

Sie saßen eine Weile nebeneinander, ohne zu reden. Es war dunkel geworden. Plötzlich, ohne jeden Zusammenhang, sagte Elisabeth: »Es ist alles so still, es macht mir richtig angst, so still ist es.«

Regina meinte, die Mutter hätte jetzt schon Angst vor der anstehenden Trennung, und sie wollte ihrem Beisammensein die Schwermut nehmen.

»Wo hast du nur die schöne Islandjacke her«, sagte sie, »ich wollte dich schon immer mal danach fragen.«

»Aus Hamburg«, erwiderte Elisabeth, und sie war froh, daß Regina jetzt nicht ihr Gesicht sehen konnte.

»Ein Mann?«

»Wir schreiben uns ab und zu.«

Regina fiel Hans ein und London und Stockholm. Aber dann wiederum dachte sie, Hamburg, so verkrampft ist das alles nicht mehr.

»Besucht er dich?«

»Es ist nicht, was du denkst. Er hat seine vier Wände, ich habe meine. Da ist jedem schon zu viel durchs Leben gegangen, das kriegen wir nicht mehr zueinander, nein, nein.«

Am nächsten Morgen fuhr Regina mit Pablo zurück in die Stadt.

»Hans findet sich allein nicht zurecht«, erklärte sie.

Und Elisabeth erwiderte: »Fahr nur, fahr.«

Wenig später kaufte die Frau ein Stück Erde neben dem Grab ihres Mannes und ließ einen neuen Stein setzen, obwohl der alte noch gut war. Sie pflanzte Stiefmütterchen und Fuchsien und zum Kopf hin einen weißblühenden Rhododendron.

Der vierhundertfünfzigste Geburtstag des Dorfes stand an. Dieser Jahrestag sollte gebührend begangen werden. Die freiwillige Feuerwehr putzte einen Löschwagen aus der Kaiserzeit heraus, eine Kegelbahn wurde angelegt, Hausfassaden wurden gestrichen, Karussells und Schlagersänger bestellt, ein Dichter mußte eine Festschrift verfertigen. Reimelt betrieb einen Aufwand, als stünde das Dorf nicht vierhundertfünfzig, sondern tausend Jahre. Elisabeth Bosch wurde ins Festkomitee gewählt. Sie sollte dafür sorgen, daß jeder seinen Broiler bekam und Würstchen und Wildschwein vom Spieß. Ursprünglich war keine Festlichkeit vorgesehen. Es fehlte Geld. Doch während einer Gemeindeversammlung stellte jemand die Frage, ob das Dorf überhaupt seine fünfhundert Jahre durchstehen werde. Der Tagebau rückte näher und näher. Niemand zeigte mehr Lust, sich hier anzusiedeln. Die ersten fingen an abzuwandern. Das Chemiekombinat lockte mit ferngeheizten Wohnungen. Reimelt nannte es Miesmacherei und Abwerbung und schickte Beschwerden an den Kreis und an den Bezirk und zuletzt nach Berlin. Von dort kam dann auch die Empfehlung zu einer Festwoche, sei es, um dem Palaver ein Ende zu setzen, oder sei es, die Leute zu beruhigen. Auf keinen Fall durfte die Erntearbeit gestört werden. So legte man den Termin für die Feier zwischen Getreidemahd und Kartoffellese.

Es gab Geschäftigkeit genug, und niemand achtete weiter auf Elisabeth Bosch. Regina hatte für Pablo einen Krippenplatz erhalten und unterrichtete wieder. Hans lernte neben all seiner Arbeit jetzt auch noch Schwedisch, benötigte dazu die Wochenenden und manche Nachtstunden. Und Mascha – Mascha war zurückgekehrt zu Herboth, begleitete ihn wieder zu seinen Arbeitsbesprechungen und Konferenzen nach Dresden, Rostock, wohin auch immer. Sie liebte den Mann. Sofia war ein vergebliches Aufbegehren gewesen, und sie wollte nicht mehr nachgrübeln über gescheit und nicht gescheit.

Der Rotdorn blühte, da verlangte Elisabeth Bosch abermals Urlaub. Diesmal für mehrere Tage. Den Rest würde sie später einfordern, wann, wisse sie noch nicht.

»Auf keinen Fall zum Ereignis«, sagte Reimelt.

Die Vierhundertfünfzig-Jahr-Feier nannte er immer nur »das Ereignis«. Sie habe noch keinen Tag jemanden sitzenlassen, entgegnete die Frau. Und er: »Es muß halt gesagt sein. Die Sache ist eingerührt, das Fernsehen hat bereits nach Höhepunkten gefragt.«

Dann, Elisabeth stand schon in der Tür, wollte er wissen, ob die Schwiegertochter sie für den Kleinen brauche, jetzt, wo Regina wieder arbeite. Für kranke Enkel seien Großmütter allemal gut.

»Ich fahre nach Berlin«, gab die Frau zur Antwort, und das war für Reimelt dann doch etwas viel. Warum zum Teufel immer nach Berlin, dachte er. Gardinen hat sie und einen Mantel und grüne Schuhe, eine Jacke aus Islandwolle und einen fliederfarbenen Schal, und ständig kommen neue Pakete. Natürlich konnte sie Geschenke erhalten von wem und von wo auch immer. Aber im Dorf gab es auch Männer. Dem Hamburger hatte er von Anfang an nicht recht getraut. Wenn er etwas wünschte, dann bitte schön hier, nicht in Berlin, in irgendwelchen Straßen und Lokalen. Das hat noch nie etwas Gutes gebracht. Für den einen nicht und nicht für den anderen. So ist es, und sie sollte es wissen.

»Da ist nichts«, sagte die Frau.

Sie war wieder einen Schritt ins Zimmer getreten. »Da ist wirklich nichts.«

Jetzt hätte er sagen müssen: Ich will nicht, daß du fährst. Wenn du weggehst, was soll ich dann noch hier? Das Dorf ist nicht alles, und die Arbeit ist es am Ende auch nicht. Irgendwann setzen sie einen anderen auf meinen Stuhl, und ich starre in der Wohnung die Wände an. Du glaubst es nicht, ich habe Angst, niemand hier glaubt es, aber ich habe Angst. Jedoch er sagte es nicht.

Im Grunde genommen fürchtete sich Elisabeth Bosch diesmal vor ihrer Berlinfahrt. Sie meinte, immer tiefer hineinzurutschen in etwas, aus dem es kein Heraus mehr gab. Alain schrieb und drängte und bat. Er war schüchtern und unbeholfen. Zum Auslachen manchmal. Dann wieder schien er ihr sehr stark. »Berge haben ein Ende, aber das Meer ist ...« Er hatte den Satz nie zu Ende gesprochen. Und vielleicht war das der Grund, warum sie immer wieder darüber nachsinnen mußte, wie denn nun das Meer war: riesig, groß, unendlich. Wahrscheinlich wußte es Alain selbst nicht, oder er wußte es, und es gab kein Wort dafür wie für so vieles, dem sie begegnet war. Berge haben ein Ende, aber das Meer ist ... Sie wußte, daß sie zuletzt tun würde, was Alain wollte. Die Frau ging dem Mann nach, so hatte sie es gelernt, und so war es ja wohl auch heute noch. Aber sie würde ja nicht fortgehen, niemals. Die Kinder waren hier, und das Grab des Mannes war hier. Und neben dem Grab wartete ein Stück Erde auf sie. Warum hätte sie's kaufen sollen, zum Verwildern doch nicht.

»Da wünsch ich dir Glück«, sagte Reimelt.

Und die Frau sagte: »Ja, das wird's wohl sein.«

Dann ging sie.

»Das nächste Mal informiere mich rechtzeitig«, rief der Bürgermeister ihr nach.

Aber Elisabeth Bosch hörte es nicht mehr.

Bei allem Unerfreulichen und aller Gereiztheit zwischen den Staaten und Systemen, es gab Regelungen. Jeder wollte leben und suchte sein Auskommen. Berlin, immer wieder Berlin. Niemand konnte sagen, wohin es mit dieser Stadt noch einmal sollte. Mauer und Staatsgrenze, Ausflugsziel für Staatsoberhäupter und Reisebusse – sieh mal da und sieh mal dort, bemalt mit Sprüchen auf der einen, sorgsam bewacht auf der anderen Seite. Nur die Kaninchen fühlten sich wohl im kurz gehaltenen Gras des Niemandslandes.

Jakob Alain glaubte nicht an die große Vernichtung. Einmal würde die Erde schön sein, weit und ohne Zäune. Aber die mögliche Zukunft eines neuen Jahrtausends, was sollte sie ihm. Mit ein bißchen Sonne über der Elbe gemeinsam das Leben zu Ende gehen lassen, so schrieb er Elisabeth, und sie schrieb zurück: Was für ein dummes Gerede wieder.

Und doch holte sie den Schulatlas ihrer Kinder hervor und suchte den Fluß und die Stadt. Sie hätte gar zu gern gewußt, wie er da oben wohnte und was dahintersteckte, wenn er sagte: Berge haben ein Ende, aber das Meer ist …

Jakob Alain hatte über seinen Bruder ein Zimmer am Prenzlauer Berg besorgt. Die Wohnung gehörte einer geschiedenen Frau. Ihr Onkel lebte in Westberlin, und der Freund des Onkels war ein guter Kunde bei Bernhard Alain. Jakob zahlte der Frau die Miete in der gewünschten Form, und jeder war zufrieden.

Mitternachtskumpel – um vierundzwanzig Uhr

hier, dann dort, eine halbe Stunde später wieder hier. Dazwischen lag ein Kontrollstempel. Alain wußte nicht mehr, wer ihn auf den Gedanken gebracht hatte, es einmal so zu versuchen, eine Zeitungsmeldung, eine Nachrichtensendung oder ein Gespräch mit Kollegen im Hafen. Eine Woche hindurch ein Wanderer zwischen den Pfählen. Zu seinem Bruder hatte er gesagt: »Manchmal denke ich, wir stehen auf einer Brücke, winken einem Schiff nach, aber es winkt niemand zurück.« Und der hatte erwidert: »Du mit deiner versponnenen Philosophie.« Bernhard Alain hielt Jakobs Vorhaben für verrückt.

»Verrückt oder nicht«, hielt dieser entgegen, »es muß sein.«

»Mach um aller Heiligen willen nichts Unerlaubtes«, warnte der andere. »Polizei und Gerichte drüben sind nicht zimperlich. Das Gescheiteste ist, die Frau zu vergessen. Es gibt genug andere zwischen Hamburg und München.«

Jakob lachte über die Ängstlichkeit seines Bruders. Gefragt, ob er denn die Frau aus Sachsen heiraten wolle, antwortete er unbekümmert: »Aber ja doch.«

»Und sie, will sie dich?«

So direkt hatte Jakob Alain mit Elisabeth Bosch darüber noch nicht gesprochen. Worauf jedoch sollten sie noch warten? Deswegen hatte er ja das Zimmer im Ostteil der Stadt gemietet, um alles zu entscheiden.

»Ich denke schon«, sagte er.

Die Wohnung lag im ersten Stock eines Hinterhauses. Elisabeth Bosch hatte sich vom Bahnhof aus mit dem Taxi hinfahren lassen. Das Zimmer war groß und hoch und dunkel. Vom Hof her roch es nach alten Knochen. Ein Fleischer hatte hier seine Werkstatt. Ringsum wuchsen schmutzige Häuserwände empor. Jedes Wort auf dem Hof, jeder Schlag gegen die Mülltonnen wurde von den Mauern nach oben getragen. Elisabeth zuckte jedesmal zusammen. Sie fühlte sich eingesperrt hier.

Dabei war die Wirtin eine freundliche Frau, fragte nicht nach woher und wohin und kochte einen guten Kaffee.

»Ich bin den ganzen Tag über im Betrieb, fühlen Sie sich wie zu Haus«, sagte sie, gab Elisabeth den Schlüssel und ging.

Elisabeth Bosch wollte weglaufen und war doch nicht fähig, auch nur einen Schritt zu tun. Heilige Maria, dachte sie, immer nur, heilige Maria. Und das hieß: Warum hör ich auf ihn? Die Kinder müssen sich der Mutter schämen. Und dann schreckte sie zusammen, denn in der Fleischerwerkstatt kreischte eine Frau. Elisabeth rückte den Tisch zum Fenster und stellte die Stühle anders, kramte in ihrer großen Tasche und holte hervor, was sie mitgebracht hatte, Flaselkuchen und Eingewecktes und Salami, und aß und aß. Wenn er kam, würde sie sagen: »Laß mich zufrieden mit deinen Verrücktheiten, blaue und schwarze Möwen, was für ein Unsinn. Jeder lebt, wo er lebt, und es ist gut so.«

Ihr war plötzlich wieder leicht ums Herz. Es war

alles ganz einfach, sie ein dummes Weib und Reimelt ein gescheiter Mann: Du hast da drüben nichts verloren. So war es, genau so.

Die Abfertigung an der Grenze ging schleppend vor sich. Der Paß wurde länger geprüft als üblich. Der Zollbeamte ließ jeden Gegenstand aus der Aktentasche auf den Tisch legen, fragte nach Zeitschriften, Tonbändern. Als Jakob Alain ungeduldig wurde, sagte der junge Mann streng: »Wollen Sie zu uns oder wir zu Ihnen?« Es dauerte eine weitere Zeit, bis Alain ein Taxi fand. Er wollte Elisabeth sein Zuspätkommen erklären, aber es interessierte sie nicht, ob dieser Minister oder jener Parteivorsitzende im Reichstag eine Rede gehalten hatte gegen etwas und für etwas, Ärgerliches jedenfalls für die Verantwortlichen hier, und es interessierte sie nicht, ob zu wenig Taxis in Berlin fuhren. Ihr war vom vielen Essen übel und vom Warten noch mehr.

Jakob Alain setzte sich auf einen der steifen, dunklen Stühle. Elisabeth stand am Fenster und schaute auf den Hof. Sie fühlten sich beide erschöpft wie nach einer schweren, sinnlosen Anstrengung. Es war so still, daß sie die Zeit hören konnten. Und dann war da der Satz. Jakob Alain sprach ihn aus, nicht enttäuscht, nicht verbittert, nur feststellend. Nicht einmal für die Ohren der Frau bestimmt: »Es gibt welche, die haben kein Glück.« Da erst drehte sie sich ihm zu und sah ihn an. Sie hatte plötzlich das Empfinden, ihn beschützen zu müssen, und sie staunte über ein solches Gefühl, denn das kannte sie bisher nur ihren Kindern gegenüber. Vielleicht war es seine rechte Hand, an der zwei Finger fehlten, oder die zu großen Ohren rührten sie, oder die Erinnerung lebte auf, wie er die Dorfstraße entlanggegangen war, als bewegte sich die Erde unter ihm. Jedenfalls fing sie an, die umherliegenden Sachen aufzuräumen.

»Du wirst Hunger haben«, sagte sie.

Und er sagte: »Der erste Zank.«

»Ich glaube, es ist ein Fehler.«

»Was?«

»Das mit uns.«

»Wir haben es noch gar nicht versucht.«

»Ich bin nicht dreißig.«

»Aber du bist auch noch nicht gestorben.«

Jakob Alain aß, eigentlich ohne Appetit, obwohl er auf der Straße noch hungrig gewesen war. Später saßen sie in der Nische beim hohen Fenster. Die Dunkelheit kam, aber sie machten kein Licht. So konnte jeder für sich allein sein, obwohl einer zum andern wollte. Es begann zu regnen. Die Tropfen schlugen auf die Deckel der Mülltonnen, und Elisabeth dachte, hier könnte ich nicht leben. Sie merkte nicht, daß dieser Satz nicht von ihr war, sondern von Jakob Alain.

»Sag was«, sagte sie.

»Was soll ich sagen?«

»Irgendwas«.

Sie ist wie Greta, dachte er. Ihm fiel nichts ein, was er hätte sagen sollen. Überhaupt redete er nicht gern. Und Elisabeth dachte: Immer ich. Die Kinder brachten es fertig, zwei Tage hindurch kein

Wort zu sprechen nach einem Streit, und früher der Mann tat es auch. Aber sie hielt eine solche Spannung nicht aus. Bei der Großmutter hatte es einen Klaps gegeben, und dann war's wieder gut.

Es ist alles so still, es macht mir richtig angst, so still ist es. Solche Gedanken sind erst in ihr aufgekommen, als die Kinder aus dem Haus waren. Der Junge hatte mit ihr immer und immer wieder ins Böhmische fahren wollen. Er konnte nicht verstehen, warum sie sich vor einer solchen Reise fürchtete.

»Erzähl mir was von deiner Frau.«

»Da ist nichts zu erzählen.«

»War sie schön?«

»Ja.«

Elisabeth hätte gern gehört, wenn er jetzt sagte, daß auch sie schön sei. Aber sie wußte, es wäre gelogen. Trotzdem hätte sie es gern gehört.

»Du hast sie sehr geliebt?«

»Ja.«

»Und sie?«

»Sie war eine gute Frau.«

Elisabeth spürte wieder die Abwehr in ihm. Hier war etwas, woran niemand rühren durfte. Was sollte sie dann mit ihm in einer fremden Stadt, in einem Haus, in einem Garten, wo jeder Strauch von der anderen erzählte, die für den Mann keine andere war, nur für sie, Elisabeth Bosch, die Zugelaufene. »Wir haben auch immer Kinder gewollt«, sagte er, »aber als die Bomben fielen, Nacht für Nacht, und die Stadt brannte, waren wir froh, keine zu haben.« Und dann, als hätte er mitbekommen, was die Frau dachte, sagte er: »In mir ist alles zugewachsen. Ohne ein bißchen Freude kann man nicht leben.«

O ja, das konnte sie gut verstehen. Sie hatte den Wunsch, Jakob Alain etwas Freundliches zu sagen, aber sie wußte nicht, was. So fuhr sie mit dem Finger über seine Stirn, seinen Mund und seine zerschlagene Hand. Und er saß unbeweglich, weil er fürchtete, es könnte alles wieder ganz schnell zu Ende sein.

Um halb elf machten sie sich auf den Weg zum Grenzübergang. Kurz vor dem Kontrollpunkt sagte der Mann: »Ich bin gleich wieder da.« Die Frau faßte nach seinem Arm, als fürchtete sie, Jakob könnte ihr genommen werden. Es regnete noch immer. Elisabeth stellte sich in einen Hauseingang. Sie fröstelte.

Als Alain nach einer Stunde noch nicht wieder zurück war, meinte sie, ihm sei etwas zugestoßen. Sie wollte auf die Grenzsoldaten zulaufen, fand aber nicht den Mut dazu, obwohl, man würde ihr nichts tun.

»Seien Sie vernünftig, Bürgerin.«

Sie wollte nicht vernünftig sein. Sie war ein Leben lang vernünftig gewesen. Jetzt wollte sie das sein, was andere verrückt nannten oder unvernünftig. In mir ist alles zugewachsen. Ohne ein bißchen Freude kann man nicht leben.

»Ich habe die Kinder. Ich habe die Kinder. Ich habe die Kinder.«

Als wenn der Satz ihr Kraft geben könnte, wiederholte sie ihn ein ums andere Mal. Dabei machte sie die erstaunliche Entdeckung, daß die Kinder ihr plötzlich wenig bedeuteten, weniger jedenfalls als der Mann, der irgendwo war und nicht wiederkam. Sie fühlte sich sehr schwach und stützte sich auf einen Mauersims.

Plötzlich stand Jakob Alain vor ihr.

»Komm nach Haus«, sagte er.

Sie suchten den Weg, und ihnen wurde bewußt, daß sie kein Zuhause hatten. Die Straßenbahnen fuhren nicht mehr. Sie winkten einem Taxi, noch einem und einem dritten. Keines hielt. So liefen sie zwei Stunden durch die leeren Straßen. Über der Stadt hörten sie den stärker werdenden Motorenlärm eines Flugzeugs. Und obwohl ihnen sonst nichts begegnete, verlor die Frau nicht ihre Angst. Sie hatte das Verlangen, sich auf den Bordstein zu setzen, keinen Schritt mehr zu gehen. Es sollte Tag werden und Nacht und Nacht und Tag.

»Wir sind gleich da«, sagte Jakob Alain. Er stand unter einer Bogenlampe, suchte auf dem Stadtplan die Straße.

Das wußte Elisabeth Bosch, für eine solche Art zu leben war sie nicht geschaffen. Und vielleicht war es die Nacht, die Verlorenheit hier, das Erschrecken vor einem Wissen um sich. Sie hatte sich doch einmal so ohne jeden Zweifel gefühlt: die Kinder, das Dorf, die Arbeit. Vielleicht war es eben diese Nacht, die über Kommendes in ihrem Leben entschied. Kaum waren sie wieder in dem fremden Zimmer, das Jakob Alain ihr Zuhaus nannte, begann Elisabeth zu weinen und konnte sich nicht beruhigen.

Alain streichelte unbeholfen ihr Gesicht und sagte immerzu: »Das wird, ganz bestimmt wird es, das wird.«

Die Frau klammerte sich an ihn, als könnte er sie vor einem Ungewissen beschützen.

Später, Jakob Alain schlief schon, Elisabeth lag hellwach, tastete sie nach seiner Hand und dachte, daß es gut wäre, ihn immer neben sich zu haben und morgens neben ihm zu erwachen. Und sie dachte, daß im Frühling das Gras auch im Dorf grün war. Man konnte das Gesicht hineindrücken, Spitzwegerich kauen und den Duft von Wiesenblumen riechen. Die Flugasche machte erst später alles stumpf und gelb.

Alain hatte das Zimmer für eine Woche im voraus bezahlt, aber sie blieben nur noch den folgenden Tag, fuhren mit der S-Bahn zu einem der Seen, aßen in einem kleinen Gasthaus Gulasch, tranken Bier, gingen am Ufer entlang, setzten sich für eine Weile und gingen wieder und sprachen kaum. Dabei hatte Jakob Alain alles klarmachen wollen. Erst als Elisabeth Bosch ihn am Abend zum Grenzbahnhof brachte, sagte er: »Es kommen jetzt manche«, und als die Frau nichts erwiderte: »Es gibt nicht mehr so viele Schwierigkeiten.«

Die ganze Zeit über hatte sich Elisabeth Bosch vor einem solchen Gespräch gefürchtet. Was weiß er schon, dachte sie, er hat nur sich.

»Ich kann auch ins Dorf kommen«, sagte er, »ob

hier, ob dort, es ist eins wie's andere. Wir sind zusammen, das gilt.«

Sie merkte dem Mann an, daß es ihm so leicht nicht fiel, das zu sagen. Er machte sich etwas vor, ganz gewiß. Das Haus am Fluß verkaufen, die Schiffe verlassen, den Hafen. Nein, es würde nicht gut gehen, und er würde am Ende ihr die Schuld geben an seinem Unglück. Das schaffte er nicht mehr, das alles. Womöglich sie, sie hatte es immer noch geschafft. Das viele Geld, das er fürs Haus am Fluß bekommen würde – Glück konnte er dafür nicht kaufen. Hier nicht und dort nicht. Schon nach einem Tag hatte er sich im Dorf mit dem Bürgermeister angelegt und mit dem Gastwirt. Es würde noch schlimmer kommen.

»Es muß ja nicht gleich sein«, sagte sie.

Und er dachte: später, immer wieder später.

»Wenn wir tot sind.«

Sie gab keine Antwort, hielt nur seine kaputte Hand. Jakob Alain fing plötzlich wieder an zu rennen wie damals auf dem Stückchen Weg vom Teich zum Dorf, als sie ihn nach seiner Frau gefragt hatte.

»Ich versteh das alles nicht«, sagte er.

Der Mann war schon durch die Kontrolle, da drehte er sich noch einmal um. Die Frau konnte plötzlich der Versuchung nicht widerstehen, zu winken und ihm zuzurufen: »Ich komme, du wirst sehen, ich komme.« Sie sah ihn ungläubig lächeln.

Wenig später fuhr auch Elisabeth Bosch in ihr

Dorf zurück. Sie fühlte sich traurig und doch auch wieder heiter, irgendwie befreit. Aber ihre neue Freiheit war zugleich ein neues Gefangensein. Hatte sie bislang gemeint, über alles Wichtige im Leben genügend nachgedacht zu haben, so entdeckte sie plötzlich, daß in ihr Wünsche lebten, von denen sie bisher wenig gewußt hatte. Und es erstaunte sie, Jakob Alain ganz zuletzt noch, als er gar nicht mehr damit rechnete, ein solches Versprechen gegeben zu haben. Wenn nicht ein Versprechen, dann doch eine Hoffnung. Ich hätte es nicht tun dürfen, dachte die Frau. Und dann wieder redete sie sich zu, der Mann stünde den Kindern nicht im Weg und die Kinder nicht dem Mann. Hamburg und das Dorf, das war so unüberwindlich nicht. Die Menschen drängten nach Frieden, es hatte Unglück genug gegeben. Einmal in ihren Gedanken soweit gekommen, fing Elisabeth Bosch an, ihren kleinen Besitz aufzuteilen. Den Sessel vorm Fenster wollte sie mitnehmen, auch die Bettwäsche, das Nähschränkchen, die alte Uhr. Sie tickte so beruhigend. Die Couch sollte Mascha haben, den Fernseher, überhaupt alles Restliche. Hans war eingerichtet und verdiente gut. Selbstverständlich gehörten auch die Fotoalben mit, die Bilder von ihrem Mann, den Kindern, dem kleinen Pablo.

Der Zug hielt auf offener Strecke. Es war tiefe Nacht, von weither schimmerte schwaches Licht. Elisabeth mußte an die Stadt denken und an Jakob Alain und wie er gesagt hatte: Komm nach Haus, und wie sie durch die fremden Straßen gelaufen waren im Regen und wie sie sich auf den Bordstein hatte setzen wollen. *Nach Haus*. Einmal hatte sie geglaubt, nach Haus sei eine winzige Ansiedlung inmitten der sanften Berge im Böhmischen. In den Wochen nach dem Krieg war es die Landstraße, dann das Dorf ihres Mannes, dann ein Hinterhofzimmer in Berlin. Und dann, und dann. Sie wußte plötzlich nicht mehr, wo sie hingehörte.

Gegen Morgen war Elisabeth Bosch wieder in ihrer Wohnung. Sie fühlte sich zu erschöpft, um noch etwas zu essen oder sich zu waschen. Sie schlief bis in den späten Tag.

Eines Nachmittags erhielt Elisabeth Bosch Besuch von einer jungen Frau. Sie stellte sich als Bettina Herboth vor, bat, ihr die Zudringlichkeit nicht übelzunehmen, aber sie wisse nicht, wo sie sonst noch hin sollte. Elisabeth verstand das Gerede der Fremden nicht, hieß sie jedoch eintreten und sich setzen. Ob sie rauchen dürfe, fragte die Frau, zündete sich eine Zigarette an, ohne die Antwort abzuwarten, ihre Hand zitterte dabei. Die Zerfahrenheit der anderen übertrug sich auf Elisabeth Bosch. Sie wolle Kaffee brühen, sagte sie, um überhaupt etwas zu sagen und zu tun.

»Nein, nein«, erwiderte Bettina Herboth, »keine Umstände, bitte.« Sie drückte die Zigarette aus und griff gleich darauf wieder nach einer neuen. Ob die Tochter zu Hause sei, wollte sie wissen.

»Nein. Warum?«

Elisabeth erfaßte plötzlich große Angst. Sie fürchtete, dem Mädel könnte etwas zugestoßen sein. Seit dem Grubenunglück hatte sie niemals mehr ihre Angst verloren. Nicht selten schreckte sie während des Schlafs hoch und schrie auf.

»Mein Mann betrügt mich«, sagte die Frau.

Sie sagte es sehr ruhig, als wenn sie über etwas spräche, was sie nichts anging. Jetzt bat sie doch um eine Tasse Kaffee. Elisabeth war nicht fähig aufzustehen. Was will die Frau von mir, dachte sie, flüchtete sich in ein Nicht-begreifen-Können, obwohl sie sehr genau verstand, warum diese Herboth, oder wie sie heißen mochte, zu ihr und nur zu ihr gekommen war.

»Wenn es Ihnen Umstände macht«, hörte sie sagen.

»Nein, es geht ganz schnell.«

Sie war froh, in die Küche gehen zu können. Sie ertrug die Nähe der anderen nicht, die gelassen erscheinen wollte, aber immerzu eine Zigarette ausdrückte und eine andere ansteckte. Die passende Bluse zum passenden Rock, das verhärmte Gesicht, die lackierten Fingernägel, die müden Augen. Es vertrug sich nicht. Die nimmt Tabletten, dachte Elisabeth, und jetzt Kaffee, das ist nicht gut. Aber was ging es sie an, mochte die andere schlucken, was und soviel sie wollte.

Es war sehr still in der kleinen Wohnung. Nur der Wasserhahn tropfte, und nach einer Weile zischte der Pfeifkessel.

Bettina Herboth kam in die Küche.

»Es tut mir leid«, sagte sie.

»Trinken Sie den Kaffee stark?«

»Ja, bitte.« Und nach einer Pause: »Ich habe die

Adresse im Studentenheim erfahren. Ich dachte, Ihre Tochter sei hier.«

»Sie suchen Ihren Mann.«

Elisabeth stieß die Tür zum Schlafzimmer auf und zum Bad. Es war Hilflosigkeit und Wut und Verzweiflung, die sie zu solcher Heftigkeit trieben.

Bettina Herboth trank den Kaffee, rauchte wieder.

»Ich habe seinetwegen alles aufgegeben«, sagte sie, »das Studium, die Freunde, alles. Ich benehme mich scheußlich, doch, doch. Ich weiß es.«

Elisabeth blickte die Frau an.

»Ich habe nichts davon gewußt«, sagte sie.

Ihr war, als müßte sie sich bei der anderen entschuldigen.

»So ein dummes Mädel«, sagte sie, »so ein dummes Mädel.«

Auch sie fühlte sich betrogen. Sofia, was war mit Sofia, dachte sie. Und dann, ich lasse ihr zu viel durchgehen, glaube alles, was sie mir erzählt. Aber was blieb ihr weiter übrig, die Kinder waren gescheiter als sie, sprachen Wörter, die sie nicht verstand, und sie war stolz darauf, so kluge Kinder zu haben. Sie hatte sich insgeheim ein Wörterbuch gekauft, aber es machte ihr die Gespräche zwischen Hans und Mascha nicht begreiflicher.

»Ich tu's der Kinder wegen«, sagte die Frau.

Das verstand Elisabeth Bosch. O ja. Der Kinder wegen mußte man manches zurückstecken, auch wenn sie es einem später nicht dankten. Sie erfuhr, daß Herboths zwei Jungen hatten, sieben und neun, daß beide an den Kindern hingen, der Mann und die Frau, und daß es schrecklich wäre, sich vorzustellen, alles sollte kaputtgehen, bloß einer kurzen Liebschaft wegen. An dem Wort hielt Bettina Herboth fest, und Elisabeth Bosch ärgerte sich darüber. Was für ein dummes Gerede, dachte sie, »ihm zuliebe aufgegeben«. Vielleicht hatte sie das Studium nicht geschafft, und der Mann war ihr gerade recht gewesen. Immerhin fuhr sie einen roten Lada, und ein Haus besaßen sie sicherlich auch. »Kurze Liebschaft« – dafür war ihr Mascha zu schade. Sie suchte nach einem Wort, das sie der Frau hätte entgegenhalten können, aber sie fand keins. So stand sie auf und sagte: »Sie haben gesehen, er ist nicht hier.« Die feinen Leute, dachte sie, als Bettina Herboth ging, die schnatzigen feinen Leute. Und sie dachte, daß ihr die rechten Worte immer zu spät einfielen.

Noch am gleichen Tag fuhr Elisabeth Bosch ins Internat. Aber niemand dort wußte, wo Mascha sich aufhielt. Am Wochenende hatte sie ihre Sachen gepackt und war fortgegangen. Man glaubte sie zu Haus. Elisabeth wollte mit Hans reden. Aber der befand sich auf einer Tagung in Berlin. Regina bemühte sich, die Schwiegermutter zu beruhigen.

»Heute ist so was anders als früher.«

»Er hat Kinder.«

»Es ist eben so.«

Sie weiß nicht, wie es ist, Kinder ohne Mann großziehen, dachte Elisabeth Bosch.

»Dafür bezahlt man«, sagte sie. »Irgendwann bezahlt jeder, da kommt keiner drum rum.«

»Du wirst's nicht ändern.«

»Mascha ist meine Tochter.«

»Trotzdem, du wirst's nicht ändern.«

Elisabeth schlug das Angebot aus, in der Stadt zu bleiben. Sie wollte zurück ins Dorf, dort fand sie sich zurecht. Sie küßte den kleinen Pablo und ging.

Nachts konnte sie nicht schlafen, nahm eine Tablette, später noch eine. Am Morgen kam ein Brief von Jakob Alain. Er soll mich in Ruhe lassen, dachte die Frau. Sie legte den Brief ungelesen zu den anderen. Zu Mittag fuhr sie wiederum ins Internat. Mascha war auch diesmal nicht da. Elisabeth hatte heftige Kopfschmerzen. Sie trank am Bahnhof einen Kaffee, danach fühlte sie sich besser. Abermals ging sie zu Regina, und abermals riet die Schwiegertochter, die Affäre nicht so wichtig zu nehmen, auf keinen Fall wichtiger als Mascha selbst.

»Sie wird durch die Prüfung fallen, und sie werden Mascha von der Uni schmeißen.«

Hier mußte Regina lachen. Etwas viel Aufwand, meinte sie.

»Wir sind alle keine Heiligen, du auch nicht.«

Diese Bemerkung traf die Frau. Sie bereute, der Schwiegertochter von Jakob Alain erzählt zu haben. Es ist etwas anderes, dachte sie.

»Mach dich nicht lächerlich, Mutter«, sagte Regina, »Mascha hängt nicht mehr am Rocksaum.«

Die Luft lag schwer auf der Stadt. Bei solchem Wetter schwollen ihr die Beine. Elisabeth wollte ins Dorf zurück. Auf dem Bahnhof jedoch besann sie sich anders, nahm ein Taxi und ließ sich zum Kombinat fahren. Sie wollte Herboth sagen, daß er so etwas nicht tun dürfe, seiner Kinder wegen nicht und Maschas wegen. Glück bringe es keinem. Bei so vielen könnte man's sehen. Aber sie traf nur Herboths Stellvertreter an, einen hochaufgeschossenen Mann, der sie an ihren Sohn erinnerte. Er führte Elisabeth Bosch in sein Zimmer, und sie dachte, was soll ich ihm sagen. Sie wünschte sich fort. Beide standen hilflos voreinander, und plötzlich verließ Elisabeth die Kraft. Sie spürte einen heftigen Druck in den Ohren.

Der Mann sah die Blässe der Frau, schob ihr einen Stuhl hin und gab ihr ein Glas Wasser.

»Es ist schon vorbei«, sagte sie. Es war ihr peinlich, so unbeholfen vor dem jungen Mann zu sitzen, der nicht wußte, was er mit ihr anfangen sollte. Sie fand es töricht, überhaupt hergekommen zu sein. Es sei etwas Privates, sagte sie, so wichtig auch wieder nicht, es habe Zeit. Elisabeth blickte hoch zu dem Mann, der vor ihr stand, verlegen, als hätte sie ihn bei etwas Unerlaubtem überrascht, und sie konnte sich des Verdachts nicht erwehren, daß hier alle über Mascha besser Bescheid wüßten als sie, die Mutter. Sie stand auf und verließ ohne jedes weitere Wort das Zimmer.

Die Frau lief ziellos durch die Straßen. Sie war gewiß, mehr und mehr alles falsch zu machen, und wußte doch nicht, was ihr zu tun blieb. Sie wünschte sich, die Großmutter befragen zu können, die gute Alte. Die hätte bestimmt einen ihrer verständigen Sätze zur Hand. Aber es gab sie nicht mehr, und Elisabeth Bosch drängte sich der Gedanke auf, daß es so übel nicht wäre, ebenfalls nicht mehr dazusein. Die Welt kam ganz gut ohne sie zurecht.

Jakob Alain wurde schwatzhaft. So wenigstens empfanden es seine Kollegen im Hafen. Er war schon ein sonderlicher Alter. Sie fanden keine Erklärung dafür, was ihn zur Politik trieb, ihn, den zuvor nichts in der Welt interessiert hatte als Briefmarken und sein Stückchen Land am Fluß. Aber nun quoll er über von Worten, der Damm des Schweigens war gebrochen. Während der Frühstückspause, während der Mittagspause, während der Gewerkschaftsversammlung. Es entbehrte nicht der Komik, wie er sich ereiferte, den Frieden beschwor, die Aggressionen, wo auch immer, verurteilte. Immer noch sei es der kleine Mann, der betrogen werde. Er aber habe ein Recht auf sein bißchen Glück, das keiner der Oberen ihm nehmen dürfe. So sei es, und dafür gelte es zu kämpfen. Dieses Wort in seinem Mund brachte auch die zum Lachen, die ähnlich dachten wie er. Ob er sich zu den Kommunisten geschlagen habe, wurde er gefragt, und er antwortete: »Warum nicht?«

Der Bruder drängte wieder, das Grundstück an der Elbe zu verkaufen und mit dem Geld ins Reifengeschäft einzusteigen. Gemeinsam könnten sie ein großes Ding aufziehen. Ein solches Angebot hatte Jakob Alain seinerzeit als völlig unakzeptabel von sich gewiesen. Jetzt ließ er einen Makler kommen und befragte ihn nach dem Wert von Haus und Boden. Der meinte, das Land am Fluß brächte das Geld, nicht das Häuschen. Jeder Käufer würde es abreißen lassen. Eine endgültige Summe könne er nicht nennen, aber ausgesorgt hätte Alain allemal, wenn sie ins Geschäft kämen. Es müsse alles gründlich überlegt sein, erwiderte Jakob Alain. Wenn er sich vorstellte, er sollte irgendwo leben, weitab vom Meer, inmitten der Braunkohle oder eingeschlossen in Westberlin, fand er Gründe genug, nichts zu überstürzen. Warum auch?

– Ich komme, du wirst sehen, ich komme.

Sie hatte es ihm zugerufen, ganz zuletzt noch, sein Paß war schon kontrolliert. Und er hatte, sich zu ihr umwendend, gedacht, es ist schon so, manche haben kein Glück. Es gibt nichts mehr zu sagen. Jeder lebt, wo er lebt, vielleicht hat sie recht. Und dann eine solche Hoffnung. Es würden sich Wege finden lassen, die Kinder immer wieder einmal zu treffen. Sie sollte es nur versuchen, gleich nach Berlin schreiben, nicht erst die Ämter von unten her hochklettern. Irgendwo blieb ein solches Ersuchen hängen und wurde vergessen. Er würde alles tun, was man von ihm verlangte, den Grünen beitreten oder den Kommunisten, das war ihm gleich. Sie sollte es in ihrem Antrag vermerken, daß er ein Linker war. So und ähnlich schrieb er in seinen Briefen. Aber Elisabeth antwortete nicht, und Jakob Alain fühlte sich gefoppt. Er war wütend auf sie und sehnte sich nach ihr. Der Hafen war ihm verleidet, das Haus, der Fluß. Er wollte alles verkaufen und wollte es auch nicht. Einen Tag war er bereit, ins Dorf überzusiedeln, dann wiederum packte ihn Angst vor einem solchen Schritt.

– Ich komme, du wirst sehen, ich komme.

An diesen Satz klammerte er sich. Er gab einer Glaserwerkstatt den Auftrag, die alten Fenster im Haus durch neue, größere zu ersetzen. Die Zimmer sollten hell sein, keineswegs so finster wie in jenem Hinterhof in Berlin.

Hans Bosch kam aus der Hauptstadt zurück. Die Entscheidung war gefallen: nicht Stockholm, nicht Helsinki, nicht London, sondern Damaskus. Regina würde dort an der Botschaftsschule unterrichten. Im gleichen Komplex war der Kindergarten für Pablo. Die ersten Monate, bis aller Trubel des Umzugs vorbei war, sollte der Junge bei der Mutter im Dorf bleiben, sie würde ihn gern nehmen.

»Endlich«, sagte er und zog eine Flasche Wein aus der Tasche, die er im Delikatladen gekauft hatte, »endlich«. Er umarmte Regina, küßte sie und war ausgelassen wie lange nicht, lief zum Bett des Kleinen, nahm den Schlafenden in die Arme. Es scherte ihn nicht, daß Pablo anfing zu brüllen. »Du fliegst nach Damaskus«, rief er, »du fliegst nach Damaskus.« Er warf ihn in die Luft und fing ihn wieder auf. Regina hatte Mühe, das Kind zu beruhigen, hieß Hans verrückt, den Jungen so zu erschrecken. Aber sie war glücklich, weil ihr Mann glücklich war. Er schien ein anderer, befreit von einer Last, die ihn zu verderben drohte. Es wird gut sein, für eine Weile rauszukommen, dachte sie, unwichtig wohin, nur raus. Tag für Tag das gleiche, es bringt uns um. »Endlich«, das Wort war ihr vertraut. Kinderheim, Oberschulinternat, Studentenheim und dann endlich ein Zuhaus, einen Mann, ein Kind. Noch immer lebte in ihr die Angst, es könnte ihr alles wieder genommen werden. Und vielleicht war es eben diese Angst, die sie trieb, Hans unausgesetzt zu beobachten, ob er dem Bild entsprach, das sie sich von ihm gemacht hatte und von ihrer Ehe. Und natürlich entsprach er dem Bild nicht wie sie ja auch nicht dem seinen. »Du setzt einen Bauch an«, hatte sie eines Tages gesagt, und er wußte sehr genau, sie meinte damit: »Du wirst platt, mein Lieber. Was du schreibst, lockt keinen Hund mehr hinterm Ofen hervor.« Es war zu einer häßlichen Szene zwischen ihnen gekommen. Sie hatten einander angeschrien, Pablo im Nebenzimmer war durch den Lärm wach geworden und hatte angefangen zu weinen. Beide waren in Zukunft bemüht, derartige Auseinandersetzungen zu vermeiden. Aber das Unausgesprochene machte sie einander nur noch fremder. Und nun Syrien. Endlich.

Regina zündete Kerzen an, Hans öffnete die Flasche Bordeaux, und sie tranken auf Damaskus und auf eine Zeit, die ihnen gehören würde, ihrer Liebe, ihrer Arbeit, ihrem gegenseitigen Verstehen. Für einen Augenblick dachte Regina an Elisabeth und einen Mann aus Hamburg, von dem ihr die Mutter erzählt hatte. Aber sie drängte diese Gedanken fort. Alles wird gut. Endlich.

Elisabeth Bosch schlief auch diese Nacht kaum. Sie träumte wirres Zeug. Eine Wolke fiel auf sie, und sie konnte nicht atmen. Jakob Alain hatte ihr von seinem Traum erzählt, und sicher bildete sie sich nur ein, den gleichen Traum zu haben. Sie glaubte an Zeichen, die irgendeine Macht ausschickte. Als die Großmutter starb, fiel ein Teller vom Bord, und als der Berg auf den Mann stürzte, blieb die Uhr stehen. Da konnten andere noch so sehr nach Erklärungen suchen – der Teller habe wacklig auf dem Bord gestanden, die Uhr sei nicht aufgezogen gewesen –, in den Vorfällen steckte für sie eine tiefere Logik, die Klugen waren so klug nicht, alle Wahrheiten im Leben herauszufinden. Für sie hatte es eine eigene Bedeutung, das gleiche zu träumen wie einer, der Hunderte Kilometer entfernt lebte. Ihr fiel der Brief ein, den sie ungelesen weggesteckt hatte. Sie holte ihn hervor und mußte lachen: Jakob Alain als Kommunist, nur um sie nach Hamburg zu bekommen. Der mit seiner kaputten Hand und den blauen Möwen.

»So ein dummer Mann.«

Sie sagte es nicht ohne Sehnsucht.

Am nächsten Morgen war sie schon früh im Gemeindeamt und putzte die Fenster. Was nun schon wieder sei, fragte Reimelt, in aller Herrgottsfrühe, das wäre ja ganz neu. Elisabeth meinte, das Kraftwerk spucke mehr Flugasche aus, die Braunkohle werde immer miserabler.

»Nicht besser und nicht schlechter als zuvor«, erwiderte der Bürgermeister.

Er ließ die Frau wirtschaften.

Ganz unvermittelt mußte sie auflachen. Reimelt schaute verwundert auf.

»Ist was?«

Sie sah ihn an und dachte, was, wenn ich jetzt sage, ich heirate einen Grünen, einen Roten, einen Grünroten. Dein Gesicht möchte ich sehen.

»Das Rumgelaufe geht mir auf die Nerven«, sagte er.

Um zehn tranken sie Kaffee wie immer.

Reimelt hätte gern gewußt, was diesmal in Berlin gewesen und warum sie keine zwei Tage dort geblieben war, obwohl sie doch Urlaub für eine ganze Woche genommen hatte. Ihre vorzeitige Rückkehr schien ihm ein gutes Zeichen. Jetzt sollte ich ihr's sagen, dachte er. Du und ich, worauf noch warten? Du hast Kinder und bist trotzdem allein. Und ich, du siehst's ja. Früher hier mal eine Frau und da. Wenn du niemanden hast, machst du's eben. Bald kotzt es dich an, und du willst keine mehr. Einer aus Hamburg ist nichts für dich. Bist doch sonst gescheit. Aber er sagte es nicht, sondern fragte: »Wie sieht's sonst aus?«

Sie fing an, vom Ereignis zu reden und daß es nicht gut um die Versorgung stünde. Der Konsum wolle zwar Broiler und Würstchen bereitstellen, aber keine Verkäufer, eine Angestellte sei schwanger, eine andere habe gekündigt. Und Wildschweinbraten – die Tiere müßten zuvor in anderen Kreisen geschossen und dann angeliefert werden. Das sei schließlich nicht ihr Bier.

Reimelt bestand darauf, daß es eben doch ihr Bier sei, von keinem anderen sonst, deswegen überhaupt wäre sie ins Festkomitee gewählt worden. Elisabeth Bosch beharrte darauf, daß es ohne den Kreisvorsitzenden nicht ginge.

»Dann fahr hin«, sagte Reimelt, »er hat dir die Prämie gegeben.«

Die Frau wusch das Geschirr, stellte es an seinen Platz und ging nach Haus. Reimelt stellte sich ans Fenster, sah Elisabeth die Straße überqueren und dachte, warum läuft sie weg.

Es war eine kleine Stadt im Anhaltischen, in die Herboth Mascha brachte. Sie wollte über die Dörfer fahren, nicht die Autobahn entlangrasen.

»Fühlst du dich gut?« fragte er.

»Ja.«

Sie schaltete das Radio ein, kurbelte die Scheibe herunter und lehnte sich im Sitz zurück.

»Meinetwegen brauchst du's nicht zu machen«, sagte er.

»Ich weiß.«

Sie zündete zwei Zigaretten an, gab ihm eine, suchte einen anderen Sender und schaltete das Radio wieder aus.

»Wir hätten's auch in Leipzig machen können.«

»Ich weiß.«

Sie fuhren über eine Elbbrücke. Mascha sah auf das träge dahinfließende Wasser. Jetzt wird er gleich sagen: »So einer bin ich nicht«, dachte Mascha, »was passiert ist, ist passiert, ich stehe dazu.« Jedoch er sagte es nicht, und sie war froh, daß er es nicht sagte. Vor einer geschlossenen Schranke mußten sie längere Zeit warten, wenig später wiederum.

»Wir hätten doch die Autobahn nehmen sollen«, sagte er.

Aber ihr war es recht, daß sich alles noch ein wenig hinausschob, obwohl sie keine Angst verspürte. Erschrocken war sie nur gewesen, als der Arzt ihr nach der Untersuchung jeden Zweifel genommen hatte: »Sie sind schwanger.« – »Erschrokken« war nicht einmal das richtige Wort dafür, eher »ungelegen«, ja, das war's, es kam ihr ungelegen. Das Studium, die Prüfungen, die Mutter, nicht zuletzt Herboth. Vielleicht glaubte er, sie wollte ihn mit dem Kind erpressen. Sie blickte auf seine Hände, die auf dem Steuer lagen.

»Ein schöner Tag«, sagte sie.

Herboth hielt vor einer Raststätte zwischen zwei Dörfern.

»Ist es dir recht?«

Diese Höflichkeit, dachte sie.

Sie bestellten Sauerbraten mit Klößen, für Mascha einen Schoppen Rotwein, als Nachspeise Eis. Hin und wieder blickten sie einander an. Zu reden gab es nichts.

Als sie wieder im Auto saßen, sagte er: »Du kannst ganz ruhig sein, der Chefarzt ist mein Schulfreund.«

»Du hast überall deine Leute«, sagte sie, »den Klempner, den Autoschlosser, den Gynäkologen.«

Er lachte, und sein Lachen machte sie wütend. Sie wünschte, es wäre schon alles vorbei oder erst gar nicht passiert. Sie konnte sich nicht erklären, wie es hatte geschehen können. Sie hatte getan, was zu tun gewesen war, zumindest konnte sie sich an kein Versäumnis erinnern. Ein Kind bringt vieles in Ordnung, dachte Mascha. Sie fand es einen dummen Satz. Sie wußte nicht, wo sie ihn gehört hatte. Die Mutter hätte sich übers Kind gefreut: »Abtreibung, so ein kleines Wurm, du bist nicht gescheit.« Herboth hätte es sagen müssen. Insgeheim hatte sie gehofft, daß er es sagt statt seines: »Meinetwegen brauchst du's nicht zu machen. Ich steh dazu.« Sie hatte es seinem Gesicht doch angesehen, daß ihm ihre Schwangerschaft nicht paßte, ganz und gar nicht, gerade jetzt nicht, wo sie im Betrieb die neue Faser entwickelten, hitzebeständig, schalldämmend, leicht, billig. Ein Exportschlager. Seiner Frau würde er's sagen müssen, der Gehaltsstelle; denn selbstverständlich würde er monatlich fürs Kind Geld überweisen lassen. Im Grunde genommen war er froh, nicht den moralischen Helden spielen zu müssen.

– So einer bin ich nicht.

Geschenkt, Herboth. Du wirst Weihnachten nicht vergessen, nicht den Internationalen Kindertag, die Jugendweihe nicht und den Geburtstag.

– Meinetwegen brauchst du's nicht zu machen.

Na also. Ein guter Papa, ein lieber Papa. Die Mama bringt dich um, siehst du, die Mama.

Die Straße war schmal. Ein entgegenkommender Lastzug drückte ihren Wagen auf den Rasenstreifen. Herboth mußte die Geschwindigkeit zurücknehmen. Er war ein guter Fahrer.

»Du solltest etwas schlafen«, sagte er.

Mascha schloß die Augen. Eigentlich nur, damit sie nicht zu reden brauchte. Was, dachte sie, wenn ich das Kind behalte. Das Studium lief nicht davon. Es fand sich auch anderes: Bürohilfe bei der Genossenschaft, Feldbaubrigade, Kassiererin im Konsum. Der Arzt war sowieso gegen eine Unterbrechung bei Erstgeburten. Diese Folgen und jene, und was man hat, hat man.

»Wie lange gibst du uns beiden noch?« fragte sie.

»Was soll das jetzt?«

Herboth faßte sie um die Schultern, und Mascha dachte, irgendwie ist alles beschissen.

Der Eingriff verlief problemlos. Mascha hatte Herboth gebeten, während der wenigen Tage, die sie im Krankenhaus bleiben mußte, nicht fortzufahren. Er brachte jeden Nachmittag Blumen, saß neben ihrem Bett, streichelte ihr Gesicht, ihre Hände. Dafür war sie ihm dankbar.

»Es geht dir gut.«

»Ja, mir geht es gut.«

Aber während der letzten Nacht wurde sie plötzlich wach und konnte nicht wieder einschlafen. Eine Laterne, irgendwo draußen, warf fahles Licht ins Zimmer. Die Frau im Bett neben Mascha schnarchte. Zuerst störte es sie nicht, aber je mehr Zeit verstrich, um so genauer hörte sie hin auf das laute, unregelmäßige Atmen, und die Frau wurde ihr widerwärtig. Sie mußte an das Kind denken, das nun nicht mehr in ihr lebte. Ein Mädchen, hatte die Schwester gesagt.

Mascha verspürte einen heftigen Brechreiz, stand auf und stellte sich ans offene Fenster. Was ist das nur, dachte sie und wünschte, daß Herboth am folgenden Tag nicht käme, sich einfach fortstehlen würde.

Aber er kam zur verabredeten Zeit und fuhr sie zurück ins Internat, vor dem sie sich fürchtete, vor den forschenden Blicken, den versteckten Andeutungen, der Hilfe, die ihr die Mädchen anbieten würden. Denen konnte sie nichts vormachen, viele hatten es selbst durch.

Beim Abschied sagte Herboth nur wieder: »Meinetwegen hätte es nicht sein müssen.«

Sie waren beide froh, jetzt einander nicht länger ertragen zu müssen.

Zwei Tage später erschien Herboth im Internat und ließ Mascha aus dem Zimmer holen. Er hatte im Betrieb vom Besuch Elisabeth Boschs erfahren.

»Was passiert ist, geht allein uns beide an, niemand sonst«, sagte er aufgebracht. »Der Betrieb bleibt aus dem Spiel.« Er konnte Mascha nicht abnehmen, daß sie der Mutter nichts erzählt haben sollte. Warum lief die Frau dann ins Kombinat?

Mascha fand keine Erklärung für das Verhalten der Mutter, sie verstand Herboths Wut, auch wenn seine Art, über die Mutter zu reden, ihr nicht recht war.

»Denk verdammt, was du willst«, rief sie, hatte Mühe, das Weinen zu unterdrücken, und rannte fort.

Am nächsten Morgen schwänzte sie wie so oft schon in den vergangenen Monaten die Vorlesung, fuhr ins Dorf, entschlossen, der Mutter zu sagen, daß sie sich rauszuhalten habe, sie, Mascha, wüßte selbst, wie und was und wann.

Elisabeth saß in ihrem Stuhl am Fenster, unfähig, etwas zu tun. Der Nacken schmerzte, der Rükken, die Knie. Sie sah Mascha die Dorfstraße entlangkommen und dachte, bloß gut, daß sie da ist, länger hätte ich es nicht mehr ertragen. Sie ging der Tochter entgegen, drückte sie an sich.

»Wo steckst du die ganze Zeit?«

Mascha erschrak über das Aussehen der Mutter. Das mit dem Kind kann ich ihr nicht sagen, dachte sie. Wozu auch.

»Ich mach dir etwas zu essen.«

»Ich habe keinen Hunger.«

»Dann einen Kaffee.«

»Ich muß gleich wieder zurück.«

Mascha spürte wieder den elenden Brechreiz, ein Zustand, der immer häufiger auftrat seit dem Eingriff. Sie hatte sich ein Plüschtier gekauft, legte es nachts neben sich ins Bett, fand ihr Verhalten kindisch und tat es doch.

»Halt dich raus, Mama«, sagte sie, »ich bitte dich, halt dich raus.«

Ihre Stimme zitterte, und sie dachte, ich hätte nicht herfahren sollen. Sie begreift mich nicht.

»Du erzählst mir nichts«, sagte Elisabeth, »und ich habe Angst.«

»Halt dich raus, du machst alles kaputt.«

»Was kaputt?«

Wie sie guckt, dachte Mascha, wie sie bloß guckt, sie soll nicht so gucken, und sie soll mich in Ruhe lassen. Alle sollen mich in Ruhe lassen, Herboth, die Mutter, Hans, die Uni mit den idiotischen Vorlesungen und Seminaren. Ich gehe sonstwohin, aber sie sollen mich in Ruhe lassen.

Sie suchte einige Sachen zusammen, warf in den Koffer, was ihr in die Hand kam.

»Das kannst du nicht machen«, sagte die Mutter, »du kannst doch nicht weggehen, mein Gott, so kannst du nicht weggehen.«

Mascha antwortete nicht. Elisabeth hörte nur noch die Tür ins Schloß fallen. Ihr waren die Gedanken fort, und im Hals spürte sie einen aufkommenden Krampf, daß sie glaubte, ersticken zu müssen. Dann schrie etwas aus ihr heraus. So eine Stimme kannte sie nicht. Sie konnte nicht aufhören und preßte das Gesicht in ein Kissen.

An diesem Tag erhielt Elisabeth Bosch von Jakob Alain einen Brief, in dem er schrieb, daß er im Haus die Fenster habe erneuern lassen. Es sei jetzt alles groß und hell. Auch einen Baum habe er gefällt, der Sonne auf der Terrasse wegen.

Und gleichfalls an diesem Tag geschah es, daß Elisabeth Bosch damit begann, sich in der Wohnung einzuschließen, nicht zu öffnen, mochte man klingeln, mochte man klopfen. Sie stand am Fenster hinter der Gardine, blickte auf die Straße und wartete, ohne zu wissen, worauf. Vergangenheit stürzte auf sie, viel zuviel: der kleine Winkel im Böhmischen, taunasses Gras, der Duft von Minze und heiße Felssteine. Alles stirbt, dachte die Frau. Die Zeit stirbt, der Himmel, der Wald, die Felder sterben. Und sie dachte, daß es doch etwas geben muß, wenn man schon da ist, irgendwas, wofür es sich lohnt, dazusein. Als der Mann lebte, wollte er sein Frühstück, sein Mittagessen, sein Abendbrot, am Sonnabend nach Bier und Korn mit ihr ins Bett. Es war ihr nicht unlieb gewesen. Die Kinder später wollten einen Roller, ein Fahrrad, ein Moped. Das kann's nicht gewesen sein, dachte sie, mein Gott, das doch nicht. Und ihr war, als lebte niemand mehr, nur noch sie hinter ihrem Fenster.

In einer der darauffolgenden Nächte träumte Elisabeth Bosch, Jakob Alain stehe vor ihrem Fenster. Er sah aus wie ihr toter Mann: die zusammengekniffenen Augen, das unrasierte Gesicht, die blassen Lippen. Er blickte sie an, ohne etwas zu sagen. Und als sie fragte: »Wie geht es dir?«, streckte er die Hand aus, an der zwei Finger fehlten. Und auf einmal wurde der Himmel ganz gelb wie vor einem Sturm. Die Krähen ließen sich vom Wind hochtreiben und fielen wie schwarzer Regen aufs Dorf. Sie lief auf Jakob Alain zu – oder war es ihr Mann? –, aber der ließ sich in das gelbe Licht fallen. Da erwachte sie und hatte das merkwürdige Gefühl, als sei sie zweimal. Sie zerreißen mich, dachte sie.

Erna Lautenbach hatte das Herz auf dem rechten Fleck. Ihr fiel immer noch was ein, wenn andere ins Lamentieren kamen. Fast wäre sie Französin geworden nach dem Krieg. Aber ihr kriegsgefangener Jean ging nach der Befreiung zurück nach Lyon, ließ ihr die Träume, bonjour, und ich liebe dich auf französisch. Es war nach dem Grubenunglück, da hatte sie es Elisabeth Bosch erzählt. Jemand mußte aufpassen, daß die Frau sich nichts antat nach dem schweren Schlag. Erna Lautenbach schlief eine Weile bei Boschs. »C'est la vie«, sagte sie eines Abends. »Da staunst du. Ihr denkt alle, ich bin ausgelaufen. Ein faules Ei. Ich spreche Französisch. Bonjour, Elisabeth. Bonjour, mon ami. Es hat nicht viel gefehlt, und ich wäre überall hingefahren. Ich hätte auf einer Insel Urlaub gemacht, in einem weißen Hotel. Meinem Mann habe ich noch nie etwas von Jean erzählt, meinem Vater nicht und meiner Mutter nicht. Nur er und ich. Ein richtiger Franzose.«

Das Geplappere der Briefträgerin hatte Elisabeth Bosch gutgetan, und am Ende hatte sie gesagt: »Du kannst gehen, ich tu mir nichts an. Wenn die Kinder nicht wären, du kannst gehen, ich mach's nicht.«

Beide redeten nie wieder darüber. Doch ein Geheimnis verband sie. Und jetzt, da Jakob Alain da war, kein Franzose, aber immerhin einer mit einem französischen Namen, dachte Elisabeth Bosch an die Insel und das weiße Hotel, vor dessen Fenster Möwen schrien, rote und blaue und welche so groß wie ein Bussard.

Irgend jemanden mußte sie befragen, und sie dachte, Erna Lautenbach wird mich verstehen und wird Rat wissen. So ging sie zu ihr.

Lautenbachs saßen vorm Fernseher, der Mann eine Flasche Bier neben sich, die Frau todmüde von der Plackerei den Tag über. Schön, daß du kommst, setz dich, und willst du ein Bier oder ein Gläschen Selbstgemachten? Sie wollte kein Bier und keinen Selbstgemachten, blieb eine Stunde, bis der Film zu Ende war, und fand nicht mehr das richtige Wort, obwohl der Mann schlafen ging, und die Frau sagte: »Dünne bist du geworden, komm doch öfter mal.«

»Es war ein schöner Abend«, sagte Elisabeth. Und dann ohne jeden Zusammenhang: »Die Zeit läuft weg wie Wasser, zurückschöpfen kannst du nichts.«

»Ja, ja«, erwiderte die andere, »es ist alles ein bißchen viel, die Radelei mit den Briefen und Zeitungen bei jedem Wetter. Es ist alles ein bißchen viel.«

Der Weg führte Elisabeth Bosch am Haus des Bürgermeisters vorbei. Sie hatte nicht vorgehabt, bei ihm anzuklopfen. Aber in der Wohnstube brannte Licht. Die Frau zögerte, ging rasch weiter, kehrte jedoch wieder um.

So späten Besuch hatte Reimelt nicht erwartet. Es ging auf elf. Er hatte sich in seinen Kleidern aufs Sofa gehauen und war gleich darauf eingeschlafen. Als Elisabeth Bosch ins Zimmer trat, sprang er erschrocken auf.

»Ich wußte nicht, daß du schon schläfst, ich sah Licht, und die Tür draußen war nicht abgeschlossen.«

»Ich habe bloß ein wenig ausgeruht.«

Reimelt schob ihr einen Stuhl hin. So saßen sie in der kleinen Stube, in der alles unordentlich herumstand.

»Du siehst nicht gut aus«, sagte die Frau schließlich.

Der Bürgermeister schlug nach einer Fliege und dachte, um mir das zu sagen, bist du nicht hergekommen.

»Warum gehst du nicht zum Arzt?« fragte Elisabeth.

»Du siehst auch nicht besser aus«, entgegnete Reimelt ärgerlich und schlug wieder nach der Fliege.

Er stand auf und goß Schnaps in zwei Gläser.

»Das hilft immer noch.«

Er riß den Mund auf, kippte den Korn hinter und schüttelte sich. Es ging ihm wirklich nicht gut. Wenn er abends nach Haus kam, warf er sich manchmal, so wie er war, aufs Sofa, starrte zur Decke und dachte, was wäre, wenn ich einfach aus dem Dorf gehe. Auf dem Friedhof ließ er eine neue Leichenhalle bauen – in freiwilligen Einsätzen natürlich –, obwohl die Braunkohle immer näher rückte. Aber das konnte man niemandem mehr zumuten in dem alten Schuppen, wo es auf den Sarg regnete. Früher war ihm so etwas unwichtig erschienen. Es gab keine Zeit für derlei Sorgen, immer nur Hatz und Ärger mit den sturen Bauern. Einem hatte er in den Hintern getreten, weil er dummes Zeug redete, als es um die Gründung der Genossenschaft ging, und fast hätte man ihn damals als Bürgermeister davongejagt wegen Herzlosigkeit und politischer Dummheit. Wenn sie's nur getan hätten! Er klebte nicht an seinem Sessel. Aber entschuldigen, er hatte sich während der Gemeindeversammlung öffentlich entschuldigen müssen. Und alle waren sie gekommen, um sein Gestammel mit anzuhören. Ein zu hoher Preis für eine Genossenschaft, in der es nicht klappen wollte, bis heute nicht.

Elisabeth tat es gut, in Reimelts Stube zu sitzen. Sie sah seine Jacke auf der Truhe, und sie sagte: »Die ist aber schön warm.« Der Mann begriff nicht, was das sollte. Wenn sie jetzt sagt: »Woll'n wir uns zusammentun«, dann besauf ich mich, dachte er. Ich bekomm's nicht raus, aber wenn sie's sagt. Mit dem Hamburger ist es vorbei, das weiß ich schon lange. Das Dorf wird weggeschrabbt, aber wir baun's woanders wieder auf. Mit ihr könnt ich's. Und Elisabeth dachte, er wird mich verstehen, er gibt sich nur so ruppig, er ist genug gebeutelt worden, kommt wegen der Frau ins Gefängnis, und sie schickt ihm nicht mal ein Päckchen Kaffee aus Amerika. Und wieder Reimelt: Ich muß ihr ein Brett legen, damit sie über den Graben kommt. Aber ihm fiel nichts Gescheites ein, und er kippte noch einen Schnaps hinter.

»Du auch?«

»Ich werde ganz duselig davon.«

»Wenn schon.«

»Ach Gott«, sagte sie.

»Der hilft auch nicht. Er hat noch keinem geholfen.«

»Sie zerreißen mich.«

Reimelt sah die Frau verständnislos an. Und als sie sagte: »Hast du schon einen gelben Himmel gesehen und Krähen, die aufs Dorf regnen?«, zweifelte er nicht, daß die zwei Gläschen Korn Elisabeth Bosch betrunken gemacht hatten. Er wußte nicht, ob er sie aufs Sofa legen oder nach Haus bringen sollte. Er konnte dem Verlangen nicht widerstehen, nach ihrem Arm zu fassen, und seine Hand zitterte dabei, und er dachte, ich bin schon ein rechter Idiot.

»Er ist ein ordentlicher Mann«, sagte Elisabeth, »nicht so einer, wie du denkst. Und wenn ich zu ihm gehe, ist es auch nicht so, wie du denkst. Er will mich, und er ist ein guter Mann, und die Zeit läuft weg wie Wasser.«

Reimelt rauchte und trank und goß sich das Glas wieder voll. Warum kommt sie her? dachte er, mich geht das nichts an. Sie hat einen Sohn, der ist bei der Zeitung und will nach sonstwohin, soll er sich kümmern. Die Tochter studiert, und das Kombinat hat eine Verpflichtung übernommen. Der Mann wollte jetzt nichts anderes, als daß die Frau ihn allein ließ. Aber sie redete weiter, ging übers Brett, das ihr Reimelt gelegt hatte. Er versteht mich, er ganz bestimmt. Sie fühlte sich frei von jeder Angst. »Berlin oder Prag, immer wie etwas Verbotenes, nein, nein. Und er hier, du weißt, wie er ist. Ohne seine blauen Möwen kann er nicht leben. Blaue Möwen – er ist schon einer. Und das Haus verkaufen. Ein Häusel ist ein Häusel. Ich weiß, wie es ist, wenn man wo weg muß. Und ich war jung damals. Er braucht mich, und den Kindern stehe ich im Weg. Ich hab's nicht glauben wollen, aber es ist so. Dir kann ich's sagen.«

Reimelt hatte ruhig bleiben wollen, aber plötzlich stieg es in ihm hoch wie damals, als er dem Bauern in den Hintern treten oder den Liebhaber seiner Frau aus dem Fenster werfen mußte.

»Du gehörst angespuckt.«

Nur diesen Satz brachte er heraus und stieß die Tür auf. Elisabeth Bosch war so erschrocken, daß sie nicht fähig war, einen Schritt zu tun. Es machte den Mann noch wütender, und er sagte noch einmal: »Du gehörst angespuckt.« Und als die Frau die Kraft fand zu gehen, schrie er ihr nach, woran er sich später beim besten Willen nicht mehr erinnern konnte. Sie sei keine Mutter, ein mannstolles Weib sei sie, ihr Sohn würde niemals nach London kommen oder Schweden, bis Saßnitz, keinen Meter weiter, das wüßte sie genauso gut wie er, und die Tochter hätte sich ausphilosophiert, einen Scheißdreck könne da das Kombinat, wenn die eigene Mutter wegläuft, jetzt wo man nicht weglaufen kann, wo alles vollgestopft ist mit Atomstoff, eine Ordnung muß sein. Er braucht mich – sentimentaler Quark. Ein Hamburger wird im Dorf nicht die Karten mischen, solange er, Reimelt, hier etwas zu sagen hat, ein Hamburger nicht. Im Amt jedenfalls wolle er sie nicht mehr sehen. So eine wie sie nicht. Die Frau knüpfte das Tuch enger um die Schultern, ging in die Nacht hinaus und dachte immerzu: Was ist das? Um den Mund hatte sie ein seltsames Lächeln. Sie merkte es nicht.

Reimelt saß, das Hemd offen, die Füße nackt, in der Trostlosigkeit seines Zimmers, redete unentwegt mit sich selbst, man hätte meinen können, er sei nicht bei Verstand. Ihm wollte nicht in den Kopf, daß Elisabeth Bosch ... andere ja, aber doch nicht sie ... Ihr Mann Bestarbeiter, fuhr mit der Lok, obwohl er nicht hätte fahren dürfen nach dem vielen Regen, ein Kumpel eben, das reicht übers Grab, und sie immer da, wo Hilfe gebraucht wurde, und jetzt ... Es wollte ihm nicht in den Kopf. Der Junge Doktor, Auslandskader. Das Mädel würde dem Bruder nicht nachstehen. Ein guter Mann, der Hamburger, kann doch sein, kann doch sein. Aber deswegen lauf ich nicht weg. Deswegen doch nicht. Ein Häusel. Hier ist dein Häusel, nirgendwo sonst. Blaue Möwen, hast du gesagt, blaue Möwen.

Es ging noch eine Weile so weiter. Dann wurde ihm das Zimmer zu eng, und er lief auf die Straße, und er dachte, vielleicht finde ich sie irgendwo. Aber die Frau war fort. In ihrer Stube brannte kein Licht. Blaue Möwen. Er mußte lachen. Und dann mußte er heulen und verwünschte den vielen Schnaps, den er getrunken hatte.

»Der verfluchte Hamburger«, brummte er und trottete nach Hause.

Am nächsten Morgen rief Reimelt Hans Bosch in der Redaktion an. Es sei Arbeitsbesprechung, sagte die Sekretärin. »Dann holen Sie ihn raus«, schrie Reimelt ins Telefon. Die Sekretärin war so verdattert, daß sie ihren Chef aus der Sitzung rief, was sonst nicht sein durfte. Ob es denn wirklich derart pressiere, fragte Hans ärgerlich, und der Bürgermeister, durch dieses pinkelfeine Wort – so seine Bezeichnung –, erst recht in Rage gebracht, erwiderte, Hans Bosch möge sich gefälligst um die Mutter kümmern, der nämlich flögen blaue Möwen im Kopf. Hans Bosch glaubte, nicht richtig gehört zu haben, Reimelt jedoch meinte, daß er sehr gut verstanden habe, blaue Möwen. Damit legte er auf und dachte, pressieren, was für ein feiner Pinkel. Kümmere dich gefälligst um deine Mutter, ein Nichts wärst du ohne sie, ein Nichts.

Jakob Alain konnte im Hafen nicht verheimlichen, daß er sein Haus herausputzte. »Wie zu einer Hochzeit«, sagte jemand. Und da entfuhr es dem Alten: »So ist es.« Er bereute es gleich darauf wieder, aber nun war nichts mehr zurückzunehmen. Die Kollegen wollten wissen, wer und von wo und wann?

»Eine aus Sachsen. Nicht eigentlich aus Sachsen, aus Böhmen.«

»Von wo also?«

»Von drüben.«

»Sie ist schon hier?«

»Noch nicht ganz.«

»Na, dann prost«, sagte ein junger Bursche. Und Alain wußte wohl, was das zu bedeuten hatte, und er ging auf den Kerl los, den er noch grün hinter den Ohren hieß, und man mußte beide auseinanderbringen.

Das »Na, prost« machte Alain noch unruhiger,

als er eh schon war. Immer häufiger rannte er ziellos durch die Stadt: zum Michel, zum Fischmarkt, zum Dom. Er setzte sich ins »Panorama«, trank mehrere Aperitifs wie im »Operncafé« und bestellte Ragout fin. Er ging die Alster entlang und dachte an das Ufer des Berliner Sees, wo er mit Elisabeth Bosch gesessen hatte. Er raste mit dem Auto zum Flughafen und starrte den Flugzeugen nach.

– Siehst du das Flugzeug?

– Hinter den Wolken sieht man kein Flugzeug.

– Aber ich.

Er wollte alles noch einmal erleben, aber es gelang ihm nicht. Hatte Alain früher gelassen an den Tod denken können, so fürchtete er sich jetzt vorm Sterben, weil er meinte, noch gar nicht gelebt zu haben. Immer wieder trieb es ihn zum Bahnhof. Er wartete auf Züge, die aus Dresden oder Leipzig kamen, und wußte doch, daß es ein nutzloses Unternehmen war. Na, dann prost! Zwei Tage ging er nicht zur Arbeit, schrieb für Elisabeth Bosch Gesuch um Gesuch, weil er meinte, sie brächte es allein nicht zustande oder mache es bestimmt falsch, schrieb und zerriß die vollgekritzelten Blätter wieder. Da er immer noch keine Nachricht von ihr erhalten hatte, fürchtete er, sie könnte krank sein. Er wußte sich nicht anders zu helfen, als an Lautenbach zu schreiben. Zu ihm habe er Vertrauen, erklärte er, sie würden sich über Jahre hin kennen, und darum bitte er ihn, ihm mitzuteilen, was mit Elisabeth Bosch geschehen sei und warum sie schweige. Lautenbach antwortete sehr schnell. In die Geschichten anderer mische er sich nicht ein. Es bringe nichts Gutes, für niemanden, das müsse Alain verstehen. Der verstand es und verstand es auch wieder nicht. Jedenfalls war er so klug wie zuvor. Er schickte ein Telegramm an Elisabeth, worin er bat, ihm ein Visum zu verschaffen, er wolle ins Dorf kommen. Das sei sie ihm schuldig, meinte er. Die Frau steckte das Telegramm zu den Briefen ins Wäschefach.

Hans Bosch brach kurzerhand die Redaktionsbesprechung ab. »Blaue Möwen«, das konnte nichts anderes heißen als: sie hört wieder Stimmen und will aus dem fahrenden Bus springen.

»Meine Mutter«, sagte er.

Das war den anderen Erklärung genug. Sie dachten, Infarkt oder Schlaganfall, etwas Plötzliches, das jeden treffen kann.

Er war überrascht, Elisabeth keineswegs vorzufinden wie eine, der blaue Möwen im Kopf fliegen. Vielleicht, daß sie ihn weniger aufwendig begrüßte als sonst. Ein wenig zerstreut und vergeßlich, sie setzte den Kaffeetopf auf ohne Wasser. Du meine Güte, was hatte er nicht schon alles vergessen.

Sie tranken Kaffee. Kuchen hatte er mitgebracht, böhmischen aus der Kaufhalle, nicht so guten, wie Elisabeth Bosch ihn zubereitete, aber immerhin. Sie redeten über das und jenes, und er beobachtete dabei die Mutter genau. Er wollte es ihr schonend beibringen. Damaskus war nicht Stockholm. Wer Syrien dachte, dachte Israel. Wer Israel dachte, dachte Libanon. Wer Libanon dachte, dachte

Krieg. Krieg war Tod und brennende Häuser, schreiende Menschen und Landstraße. Diese Erfahrungen steckten in der Mutter und die Angst, es könnte noch einmal so werden und es würde ihre Kinder treffen. »Damaskus ist nicht Beirut«, wollte er sagen. »Wir holen dich für einige Wochen hin, dann siehst du es selbst. Du wolltest doch schon immer mal raus aus dem Dorf. Berge und Wüste und Meer. Du fliegst über die Türkei, vielleicht über Zypern. Noch niemand aus dem Dorf ist über die Türkei geflogen oder hat die Wüste gesehen. Von Syrien komme ich vielleicht nach Frankreich oder Indien. Und überall holen wir dich hin. Die ganze Welt wirst du kennenlernen.« Sie würde weinen, aber das war so ernst nicht zu nehmen. Das Grubenunglück war zugedeckt von all den Jahren. Zudem blieb Pablo die ersten Monate bei ihr. Das machte für sie die Trennung leichter. Was redet Reimelt nur für dummes Zeug, dachte er.

»Wie fühlst du dich?«

Er kommt während der Woche nie vormittags, dachte Elisabeth, und heute mit Kuchen. Und sie dachte, daß Regina Hans wohl von Jakob Alain erzählt haben wird. Es war ihr unangenehm und peinlich, und sie wich den Blicken ihres Sohnes aus. Ich hätte es ihm sagen müssen, dachte sie, in seiner Stellung, und dann von mir so was. Er ist nicht nach Moskau zum Studium gegangen und war immer gut zu mir.

»Ich fühle mich gut«, sagte sie, »das siehst du doch.« Und sie dachte, ich darf ihm nichts mehr kaputtmachen.

»Drei Jahre nach Damaskus«, sagte Hans, »es ist entschieden.«

Ihn verwunderte, wie ruhig die Mutter die Nachricht aufnahm, nahezu, als interessiere es sie nicht.

»Fahr nur.«

Es hörte sich an, als wäre sie froh, daß er wegging. Hans fürchtete nun doch, es könnte etwas hinter Reimelts merkwürdiger Formulierung stekken.

– Blaue Möwen im Kopf.

Er redete, was er hatte reden wollen: Türkei und Wüste und blaues Meer. Und Elisabeth lächelte, weil er ihr plötzlich der kleine Junge schien, der ihr von seinen Abenteuern erzählte. Hans brach mitten in einem Satz ab, weil ihm die vielen Worte leer schienen und nicht nötig.

»Ich stell dir nichts in den Weg«, sagte Elisabeth.

»Was in den Weg?«

»Regina hat's dir erzählt.«

»Was erzählt?«

Er wurde ungeduldig, dachte an Reimelts Anruf und daß Regina etwas vor ihm verheimlichte. Und er empfand plötzlich große Angst, daß wieder alles zerschlagen werden könnte, was er sich mühsam aufgebaut hatte.

»Der Bürgermeister hat angerufen«, sagte er, »es geht dir nicht gut.«

Elisabeth hatte einen Schluck Kaffee nehmen wollen. Nun zitterte ihre Hand, daß Hans nach der Tasse greifen mußte, um sie auf den Tisch zu stellen. Alles war wieder da: der späte Abend bei Reimelt, die Stille der Nacht, sie zerreißen mich, du gehörst angespuckt.

»Ich habe nichts Schlechtes gemacht«, sagte sie, »niemals habe ich etwas Schlechtes gemacht. Es ist so gekommen, ich weiß selbst nicht, wie.«

Und Hans dachte, jetzt, wo Vater nicht mehr ist, dieser verfluchte Satz. Ich komme da nie mehr raus.

»Es ist ja gut.«

Ich muß es ihm jetzt sagen, dachte Elisabeth. Er wird es verstehen. Er hat mich immer verstanden.

Sie ging zum Schrank, holte aus dem Wäschefach Jakob Alains Briefe und legte sie vor Hans auf den Tisch. Aber sie war nicht fähig, still neben ihm zu sitzen, während er las, was nur für sie geschrieben war. Sie fühlte sich elend, ging in die Küche und wünschte sich tot. Sie sah Alain, wie er sich noch einmal nach ihr umblickte, nachdem er die Grenzkontrolle schon passiert hatte, und wie er ungläubig lächelte und wie er die Hand hob, an der zwei Finger abgequetscht waren, und sie hörte ihn sagen: »In mir ist alles zugewachsen. Manche haben eben kein Glück.«

Elisabeth Bosch hatte nicht gewußt, wie sehr sich das alles in sie eingefressen hatte. Nicht die verführerischen Reden von fremden Städten und Ländern, Korallen und weißen Inseln. Jakobs Traurigkeit steckte tief in ihr. Wie er nur ging. Komm nach Haus. Wohin denn, wohin?

Die Frau lief ins Zimmer zurück, raffte die Briefe wieder an sich.

»Es geht dich nichts an«, rief sie. »Fahr nach Damaskus, aber das hier geht dich nichts an.«

So ganz und gar außer sich hatte Hans die Mutter noch nicht erlebt. Sie war ihm plötzlich fremd. Und auch er war ihr fremd, wie er dasaß, die Augen zusammengekniffen wie ehemals sein Vater, wenn er wütend war und kein gutes Wort für sie fand.

»Du verrätst die eigenen Kinder«, sagte Hans, »es wird dir kein Glück bringen.«

Und er dachte, daß wohl wieder mal alles nur ein Wunsch gewesen war und Damaskus eine Sehnsucht wie so manches in seinem Leben.

»Es wird dir kein Glück bringen«, wiederholte er. Dann ging er.

Elisabeth Bosch stand regungslos da und hielt die Briefe an ihre Brust gepreßt. Sie hatte keinen Sohn, keine Tochter, keinen Enkel. Sie hatte nur Jakob Alain, und er sagte: »Komm nach Haus.«

Hans ließ einen Termin beim Chefredakteur aus, fuhr zur Schule, wo seine Frau arbeitete. Ihr Unterricht mußte beendet sein.

Regina sah ihn vorm Tor warten, lief auf ihn zu. »Schön, daß du mich abholst.«

Aber da erkannte sie schon, daß etwas vorgefallen sein mußte. Pablo, dachte sie und fragte sofort nach dem Jungen.

»Mit ihm ist nichts«, sagte Hans, »steig ein.«

Er fuhr durch die Stadt, wie es sich ergab.

»Seit wann weißt du's?« Und da Regina nicht begriff, was die Frage sollte: »Mit Mutter und dem aus Hamburg?«

»Ich hab's nicht so wichtig genommen.«

»Seit wann?«

»Ich sagte doch, es schien mir nicht ernst.«

Jetzt nur auf die Straße sehen, dachte Hans. Halten und wieder fahren. Am Bahnhof vorbei, an der Oper, am Museum.

»Sie ist eben allein«, sagte Regina.

Und Hans dachte, ich auch.

»Oder etwa nicht«, sagte er.

»Was etwa nicht?«

Ein Motorradfahrer überholte ihn, schnitt ihm den Weg. Er fühlte Aggression in sich hochkommen, hupte laut. Eine ist wie die andere, dachte er, Mutter, Mascha, sie. Der Bauch gilt, nur der Bauch.

»Ich hab sie nicht aus dem Böhmischen gejagt, und ich bin nicht schuld am Tod des Vaters.«

»Und?«

»Nichts und.«

»Du hast Angst.«

»Idiotisch.«

»Daß sie dir Damaskus vermasselt.«

»Sie lebt nicht irgendwo.«

»Seit du weg sollst, hast du Angst; schreibst nichts mehr, und wenn, dann jedes Wort dreimal geschüttelt, daß ja alles raus ist, was dir Ärger machen könnte. Um London Angst, um Stockholm Angst, um Damaskus Angst.«

»Man wechselt das Land nicht wie ein Hemd«, sagte er, »oder ...«

Und sie dachte, es hat keinen Zweck, er versteht mich nicht und will es nicht.

Bahnhof, Oper, Museum. Hans fuhr zum zweiten Mal denselben Ring. Es fiel ihm auf, als er den

Brunnen sah und das Konzerthaus. Wir fahren, wie wir reden, dachte er, immer dasselbe. Sie fühlten sich beide erschöpft. Regina steckte ihre Hand in seine Jackentasche, so wie früher, als noch alles gut war zwischen ihnen, der Junge noch nicht geboren, kein Auto, nur zwei kleine Kammern unterm Dach in einem Altbau.

»Du willst es doch auch, Damaskus.«

Natürlich wollte sie's. Wer wollte es nicht?

»Sie wird's nicht machen, sie nicht.«

Und Hans sagte: »Die eigenen Kinder verraten.«

Regina zog die Hand aus seiner Jackentasche. Sprich nicht weiter, dachte sie. Ich kenn das alles, Konfrontation und Weltpolitik und notwendige Einsicht und Rücksichtnahme. Aber das gibt es doch auch, Liebe und Wünsche und Altwerden und Alleinsein.

»Mach's etwas kleiner«, sagte sie.

»Noch kleiner geht's nicht.«

Sie mußte plötzlich lachen. Die Mutter mit diesem Jakob Alain als Klassenfeind.

Hans bremste hart, hielt an.

»Ihr habt alle blaue Möwen im Kopf«, rief er, »gottverdammte blaue Möwen.« Und dann sagte er doch noch all das, was sie eben schon kannte, wie in einer Versammlung sagte er es, und sie ertrug es nicht, ihn so reden zu hören. *Ohne Umschweife*, dachte sie, ein neuer Ton. Und sie stieg aus und ging, ohne etwas zu erwidern. Als sie dem davonfahrenden Auto nachsah, erfaßte sie plötzlich eine unbändige Wut. Scheißdamaskus, dachte sie, dein Scheißdamaskus.

Im Dorf kam das Gerücht auf, Elisabeth Bosch würde fortgehen, ganz fort und für immer. Einer aus Hamburg sei's, der Freund von Lautenbach. Alle Neuigkeiten trafen zuerst beim Konsumfleischer ein, von dort aus liefen sie in die Häuser. Jemand wollte wissen, der Bürgermeister sei angewiesen worden, die Frau zu entlassen, Hans würde seinen Posten bei der Zeitung verlieren, deswegen sei er jüngst bei der Mutter gewesen, man habe ihn bis auf die Straße schreien hören. Reimelt wußte um das Gerede, aber er tat nichts, es aus der Welt zu schaffen. Wurde er gefragt, gab er zur Antwort: »Es ist jedem seine Sache.« Das trug nicht dazu bei, der Frau die Tage leichter zu machen. Lautenbach hinwiederum meinte, mit der ganzen Geschichte nichts zu tun zu haben. Keineswegs sei Jakob Alain sein Freund, er habe lediglich Briefmarken mit ihm getauscht. Natürlich sei ihm nicht verborgen geblieben, daß sich zwischen dem Hamburger und Elisabeth Bosch ein Faden gesponnen habe, aber schließlich hätten alle gewußt, daß die Frau jede Woche Pakete erhielt und herumlief wie eine, na eben etwas auffällig mit ihren grünen Schuhen und angemalten Lippen. Sein Gusto sei's nicht gewesen, jedoch rede er niemandem in sein Leben. Elisabeth erschien nicht mehr zu den Sitzungen des Festkomitees. Und auch das wurde als Beweis genommen, daß sie ein Gesuch nach Berlin geschrieben habe, nach ganz oben. Die einen grüßten sie nicht mehr, andere steckten ihr heimlich etwas zu, ein extra gutes Stück Filet, Schweizer Käse, Erdbeerkonfitüre. Gutes wie Böses, Elisabeth Bosch war beides unlieb. Sie schloß sich wieder in ihrer Wohnung ein, ging nur auf die Straße, um das Notwendigste zu besorgen, und gab dem Klatsch gerade dadurch ausreichend Nahrung.

Der Holunder blühte über und über weiß. Das Korn stand gut.

Hans Bosch saß seinem Chefredakteur gegenüber und sagte: »Äneas schleppte den Vater auf seinem Buckel, ich schleppe meine Mutter.«

»Deine altphilologischen Ambitionen waren mir bisher unbekannt«, erwiderte Rudloff, stand auf, öffnete das Fenster, und sie hörten das Quietschen einer vorbeifahrenden Straßenbahn. Rudloff setzte sich wieder, griff nach einer Zigarette und dachte daran, daß der Arzt ihm geraten hatte, das Rauchen einzustellen, und daß er sich jede Woche einmal vornahm, dem Rat zu folgen, und daß es so bleiben würde, bis, na eben bis.

»Hamburg oder Damaskus«, sagte Hans, »so zufällig ist das Leben, mein Lieber, nichts da von Kausalkette, ein Kartenspiel, absurd.«

So schlau bin ich auch, dachte Rudloff und sah Hans an und bemerkte, daß dessen Augenlider entzündet waren und seine Hand zitterte, als er die Kaffeetasse vom Teller hob. Und er meinte, daß die letzten Monate für seinen Abteilungsleiter wohl viel Anspannung gebracht hatten und wahrscheinlich private Sorgen. Was er redete, klang danach.

»Du bist bald aus allem raus«, sagte er.

»Eben.«

Hans mußte lachen, obwohl er Magenschmerzen hatte, sich überhaupt miserabel fühlte seit dem Besuch im Dorf und dem Streit mit Regina. Er war seit Tagen nicht zu Hause gewesen, hatte sich im Wohnheim des Tagebaus ein Zimmer geben lassen. Den Produktionsdirektor kannte er persönlich. Er wollte allein sein, wollte keine zermürbenden Diskussionen mit Regina, die nichts einbrachten als Mißverständnis und neuen Streit. »Du wirst platt, mein Lieber.« Karrierist, das steckte doch dahinter. Wenn sie ihn hier sitzen sähe, würde sie sagen: Selbstdenunziation. Was verstand sie schon? Ihre idiotische Traumwelt. Er mußte Rudloff informieren. Nichts weiter.

»Meine Mutter wird nach Hamburg wegheiraten«, sagte er. Und dachte, jetzt geht die Fragerei los.

Aber Rudloff fragte nicht. Er dachte, bei dem Blatt hier bleibt mir auch nichts erspart.

»Ich versichere dir, ich habe nichts davon gewußt«, sagte Hans.

Ihm war plötzlich, als säße nicht der Chefredakteur vor ihm, sondern Regina, und sie lächelte spöttisch, und sie sagte: »Welcher Eifer, mein Lieber.«

»Das war's«, sagte er.

Und Rudloff sagte: »Geh erst mal nach Haus.«

Er wußte nicht, daß Hans jetzt nur die Straße blieb und danach ein tristes Zimmer im Wohnheim. Vorm Journalistenclub fürchtete er sich. Dort, so meinte er, könnte sich jemand an seinen Tisch setzen und sagen: »Deine Mutter hat eine

Liaison mit einem Hamburger.« Noch während er aus dem Zimmer ging, dachte er, warum fühle ich mich eigentlich schuldig, wenn meine Mutter von Sachsen nach Hamburg will.

Noch am gleichen Abend schrieb er Elisabeth, sie möge tun, was sie glaubt tun zu müssen. Er habe mit dem Chefredakteur gesprochen. Für ihn, Hans, fände sich allemal was. Damaskus sei nicht das Leben. Er wünsche ihr Glück. Und wieder war ihm, als stünde Regina im Zimmer, lächelte spöttisch, und er hörte sie sagen: »Damit kriegst du sie. Und du weißt es.« Er wollte das Blatt zerreißen, denn er fand sich nicht mehr zurecht zwischen Wahrheit und Lüge. Schließlich schickte er den Brief ab.

Mascha war nicht einmal wütend auf Herboth. Es war alles ganz ordentlich auseinandergegangen, schön sauber und modern. Jeder bemüht um Anständigkeit, auch seine Frau, die ihr irgendwie leid getan hatte, als sie ins Internat gekommen war, sie, Mascha, ins Eigenheim einzuladen. Nach fünf Jahren Schufterei – keine Wochenenden, mal keine Steine, mal kein Zement, den Handwerkern muß immer was zugesteckt werden – hatten sie es endlich beziehen können. Aussprache zu dritt, die Kinder im Bett. »Gute Nacht, Tante Mascha« und »bleibst du« und Küßchen und dann Kaminfeuer und Rotwein und Salzgebäck und Pralinen aus dem Feinkostladen. »Zum Wohl« und: »Greifen Sie zu.« Das nahm Mascha Herboth übel, daß er dieses Affentheater mitmachte, sich nicht entblödete, sich zwischen die eine und die andere zu setzen. Mein lieber Genosse, hatte sie gedacht, mein herzallerliebster Genosse, ich habe mein Kind umgebracht, und du hast es deiner Frau erzählt, und dann habt ihr miteinander geschlafen, und sie hat dir den Ausrutscher verziehen, und mir bietet sie das »Du« an. Mir ist zum Brechen schlecht vor so viel Kommunismus.

Sie hatte es eine halbe Stunde ausgehalten, vielleicht auch eine ganze. Herboth war tags zuvor aus Frankreich zurückgekommen, Kooperationsverhandlungen, er schwatzte und schwatzte, über Montmartre und Eiffelturm und Place de la Concorde. Drei Tage Paris. Ein Mann von Welt. Wenn er sich weiter so hielt, würde er Generaldirektor werden, und neben Frankreich lag Spanien und über dem Kanal England.

»Du trinkst doch noch was.«

Da hatte sie das Glas umgestoßen und war hinausgelaufen, den erleuchteten Weg entlang durch den Garten, war aufs Trittbrett der anfahrenden Straßenbahn gesprungen und dann in eine Disko gegangen, bloß um den ekligen Geschmack nach Kamin und frisch tapezierten Wänden und Champs-Élysées wegzubekommen. Und war anschließend mit irgend jemandem auf seine Bude gegangen und hatte bis Mittag geschlafen, obwohl sie für zehn Uhr zum Direktor für Ausbildung und Erziehung bestellt war: »Ihr Studium betreffend.« Sie wollte geschmissen werden. Der Gedanke daran kam ihr wie eine Befreiung vor. Wovon befreit, wußte sie nicht. Manchmal, wenn sie nachts aus dem Schlaf fuhr wie eine, die gejagt wird, und wenn sie schlaflos dalag und zur Decke starrte, dachte sie, daß es gut sein müßte, sich für irgend etwas hinzuopfern, etwas Sauberes und Großes.

Elisabeth Bosch wischte die Küche, als Mascha kam. Da bin ich, die Sachen aus dem Internat habe ich gleich mitgebracht, das Studium ist geplatzt, ein Kind hab ich abgetrieben. Sie klammerte sich an die Mutter, weinte, bekam rote Flecken im Gesicht, und Elisabeth dachte, lieber Gott, das stehe ich nicht durch, zuerst der Brief von Hans und jetzt das. Mascha merkte nicht, wie elend sich die Frau fühlte und daß sie ganz bleich war und glaubte, jeden Augenblick bleibt ihr das Herz stehen.

In dieser Nacht, Mascha hatte sich ausgeweint und schlief fest, in dieser Nacht ging Elisabeth Bosch zum kleinen Teich beim stillgelegten Tagebau. Der Nordwest drückte faulige Luft vom Kraftwerk her übers Dorf. Sie setzte sich in das von der Flugasche schmutzige Gras, blickte den Abhang hinunter, aber die Nacht war dunkel, und sie konnte das Wasser nicht sehen. Sie schloß die Augen und war nicht fähig, an etwas zu denken. So saß sie, bis sie die Kälte im Rücken spürte. Es fiel ihr schwer aufzustehen. Sie fühlte sich steif und plump, und sie brauchte eine Weile, bis sie wieder gerade gehen konnte. Sie merkte erst jetzt, daß es angefangen hatte zu regnen und daß ihr Kleid naß war.

In dieser Nacht schrieb Elisabeth Bosch zwei Briefe. An den Rektor der Universität schrieb sie, daß Maschas Verhalten allein ihr, der Mutter, anzulasten sei, sie habe es versäumt, sich um das Mädel zu sorgen, wie sie es hätte tun müssen. Mascha sei immer ein ordentliches Kind gewesen, und sie bitte, die Tochter nicht für die Verfehlung der Mutter büßen zu lassen. Den anderen Brief schrieb sie an den Chefredakteur der Bezirkszeitung. Sie wüßte nicht, schrieb sie, was Hans ihm über ihre Beziehungen zu einem Mann aus Hamburg erzählt habe. Sicherlich eine Menge Verkehrtes. Niemals wolle sie das Dorf verlassen. Die Befürchtung des Sohnes sei ohne jeden Grund. An den Schluß des Briefes fügte sie den Satz: »Jeder lebt, wo er lebt, und es ist gut so.«

Sie wollte auch nach Hamburg schreiben, aber dafür reichte ihre Kraft nicht.

Noch im gleichen Jahr verkaufte Jakob Alain sein Haus an der Elbe und siedelte zu seinem Bruder nach Westberlin über. Es kam vor, daß er um ein Visum ansuchte, zu jenem Hinterhof in den Ostteil der Stadt fuhr und wenig später wieder zurück.

Als das Dorf sein großes Fest feierte, stand Elisabeth Bosch am Fenster hinter den Gardinen und nickte den Leuten auf der Straße zu, obwohl niemand sie sehen konnte. Und wie sie so dastand, und von der Festwiese her hallte Musik, schien ihr, als würde um sie her alles ungewöhnlich groß, die Häuser, die Bäume, die Menschen. Mein Gott, dachte sie, es wächst alles auf mich zu.

Inhalt

Reise nach Beirut 5
Verfehlung 47